明清小品丛刊

[清] 沈复 等著

金性尧 金文男 注

浮生六记（外三种）

影梅庵忆语
香畹楼忆语
秋灯琐忆

上海古籍出版社

图书在版编目(CIP)数据

浮生六记：外三种／(清)沈复等著；金性尧，金文
男注.—上海：上海古籍出版社，2000.5(2018.1重印)
(明清小品丛刊)
ISBN 978-7-5325-2703-8

Ⅰ.浮… Ⅱ.①沈… ②金… ③金… Ⅲ.小品文—
作品集—中国—清代 Ⅳ.I264.9

中国版本图书馆 CIP 数据核字(2000)第 18369 号

明清小品丛刊

浮生六记(外三种)

[清]沈 复等 著

金性尧 金文男 注

上海世纪出版股份有限公司
上 海 古 籍 出 版 社 出版
(上海瑞金二路272号 邮政编码200020)
(1)网址：www.guji.com.cn
(2)E-mail：guji1@guji.com.cn
(3)易文网网址：www.ewen.co
上海世纪出版股份有限公司发行中心发行经销
苏州市越洋印刷有限公司印刷
开本850×1168 1/32 印张6.25 插页2 字数132,000
2000年5月第1版 2018年1月第15次印刷
印数：83,201—94,200
ISBN 978-7-5325-2703-8

Ⅰ·1381 定价：15.00 元

出 版 说 明

　　中国古典散文,自先秦发源,中经汉魏六朝、唐宋,发展到明清,已经进入了其终结期。这一时期,尤其是晚明阶段,伴随着时代社会的发展,文坛也出现了新的变化。这一时期的散文园地,虽然没有再出现过像先秦诸子、唐宋八家那样的天才巨子,但也是作者众多、名家辈出;虽然没有再出现过《庄子》、《韩非子》一类以思理见胜的议论文,《左传》、《史记》一类以叙述见长的史传文,以及韩柳欧苏散文一类文质兼胜的作品,但也有新的开拓和发展,散文的题材更加丰富,形式更加自由,从对政治、历史和社会现实的关注,更多地转向对人生处世、生活情趣的关注,从而形成了又一个以文体为特征命名的发展时期,这就是文学史上习称的明清小品文。

　　小品的名称并不自明清始。"小品"一词,来自佛学,本指佛经的节本。《世说新语·文学》:"殷中军(浩)读小品,下二百签,皆是精微。"刘孝标注云:"释氏《辨空》,经有详者焉,有略者焉;详者为大品,略者为小品。"可见,"小品"本来是就"大品"相对而言,是篇幅上的区分,而不是题材或体裁的区分。小品一词,后来运用到文学领域,同样也没有严格的明确的定义,凡是短篇杂记一类文章,均可称之为小品。题材的包容和体裁的自由,可以说是小品文的主要特点。准确地说,"小品"是一种"文类",可以包括许多具体的文体。事实上,在明人的小品文集中,许多文体,如尺牍、游记、日记、序跋,乃至骈文、辞赋、小说等几乎所有的文体,都可以成为"小品"。明人王思任的《谑庵文饭小品》,就包括了几乎所有的散文、韵文的文体。尽管如此,从阅读和研究的习惯来说,小品文还是有比较宽泛的界定,通常所称的小品文,主要还是就文体而言,指篇幅短小、文辞简约、情趣盎然、韵味隽永的散文作品。

小品文作为一种文体的兴盛,在明清时期,主要在晚明阶段。而小品文的渊源,则仍可追溯到先秦时期。《论语》、《孟子》、《庄子》等书中一些精采的短章片断,可以看作是后世小品文的滥觞。六朝文人的一些书信、笔记之类,如《世说新语》中所记的人物言行,"简约玄淡,真致不穷"(胡应麟《少室山房类稿·读〈世说新语〉》),更是绝佳的小品之作。唐代小品文又有长足发展。柳宗元的"永州八记",堪称山水小品中的精品。晚唐时期,陆龟蒙、皮日休、罗隐等人的小品文,刺时讽世,尖锐深刻,在衰世的文坛上独树一帜,"正是一塌糊涂的泥塘里的光彩和锋芒"(鲁迅《小品文的危机》)。宋代文化得到空前的发展,出现了不少百科全书式的文化巨人,而其中代表宋代文化最高成就的苏轼,就是一位小品文的巨匠。苏轼自由不羁的性格,多方面的文化素养,使小品文这种文体在他手中运用自如,创作出大量清新俊逸之作,书画题跋这一体裁更是达到了极致。以致明人把他推为小品文的正宗,编有《苏长公小品》。宋代兴起的大量笔记,不少具有很高的文学价值,也为小品文的兴盛起了推波助澜的作用。

把小品文作为一种文体加以定名,并有大量作家以主要精力创作小品文,从而使小品文创作趋于繁荣,还得到晚明阶段。这一阶段,不仅有不少作家把自己的著作径以"小品"命名,如朱国祯的《涌幢小品》、陈继儒的《晚香堂小品》、王思任的《谑庵文饭小品》等;还出现了不少以"小品"为名的选本,如王纳谏编《苏长公小品》、华淑编《闲情小品》、陈天定编《古今小品》、陆云龙编《皇明十六家小品》等。而作为小品文达到鼎盛阶段标志的,还得推当时出现的许多具有很高文学成就的小品文作家,如以袁宗道、袁宏道、袁中道"三袁"和江盈科为代表的"公安派"作家,钟惺、谭元春为代表的"竟陵派"作家,以及同时或稍后的屠隆、汤显祖、张大复、陈继儒、李日华、吴从先、刘侗、张岱等,均有小品文著述传世。晚明小品文的主要特点在于独抒性灵,不拘格套,在艺术上极富创造性。晚明小品虽然在思想内涵和历史深度方面,无法与先秦两汉散文、唐宋散文等相比;但在反映时代思潮、探寻人生真谛方面,同样达到了时代的高度。

晚明小品文的兴盛,是与当时的社会现实、社会风尚和思潮的影响分不开的。晚明个性解放的思潮、市民意识的增强,是晚明小品文兴盛的重要原因。明亡之后,天翻地覆的巨变使社会思潮产生了新的变化,晚明的社会思潮和文学风尚得到了新的审视;同时,随着清王朝专制统治的加强和正统文学思潮的冲击,小品文的创作也趋于衰微。但仍有一部分作家仍然继承了晚明文学的传统,创作出既有晚明文学精神又具时代特色的小品文,如李渔的《闲情偶寄》、张潮的《幽梦影》、余怀的《板桥杂记》、冒襄的《影梅庵忆语》、沈复的《浮生六记》等,或以其潇洒的情趣,或以其真挚的情怀,为后人所激赏。

明清小品文不仅是中国古典散文终结期时的遗响,而且也是古典散文向现代散文转换中的重要一环,对后世产生了重要影响。"五四"新文学运动的不少散文作家都喜爱晚明小品,周作人在《中国新文学的源流》一书中甚至认为晚明文学运动与"五四"新文学运动有些相似之处。20世纪三十年代的中国文坛上,更曾掀起过一阵晚明小品的热潮。以林语堂为代表的作家大力提倡小品与幽默,强调自我,主张闲适,甚至认为"中国现代文学唯一之成功,小品文之成功也"(林语堂《人间世》发刊词)。在当时内忧外患的形势下,林语堂等人的观点无疑是不合时宜的,因而理所当然地受到了鲁迅先生的批评。但鲁迅先生对小品文本身以及晚明文学的代表袁宏道等并不持否定态度,而是认为"小品文大约在将来也可以存在于文坛,只是以'闲适'为主,却稍不够"(《一思而得》)。鲁迅先生是把战斗的小品比作"匕首"与"投枪",他晚年以主要精力创作杂文,正是重视小品文作用的表现。进入九十年代以后,随着思想的解放和物质生活的改善,文坛上又出现了一阵小品随笔热,明清小品的价值在尘封半个世纪之后重又为人们所发现,并开始得到实事求是的评估。为了使广大读者对明清小品有比较全面的认识,给广大读者提供较好的阅读文本,我们特出版了这套《明清小品丛刊》。

本丛刊精选明清具有较大影响和具有较高欣赏价值的小品文集。入选本丛刊者,系历史上曾单独成集者,不收今人选本。入选的小品文集一般根据通行本加以校勘,所据版本均在前言中予以注明。一般不出校记,重要异文则在注中注明。由于明清小品文作者多率性而作,又多引用前人诗文及典故,所论又多切合当时社会风尚,为给读者阅读提供参考和帮助,特对入选的小品文予以简注,对文中出现的人名、地名、典故、术语加以简明的注释,语词一般不注。明清小品文集的校注工作是一项尝试,疏误之处当在所不免,殷切地期待着读者的批评与指正。

上海古籍出版社

前　言

　　本书共收清人小品四种,即冒襄《影梅庵忆语》、沈复《浮生六记》、陈裴之《香畹楼忆语》和蒋坦《秋灯琐忆》。这四种书中涉及的四个女性,都是很有文才的人,而各有各的个性,各有各的遭遇。四书作者都以抒情的笔调,表现悼亡的主题(《秋灯琐忆》实际上也是悼亡之作),其中著名的为冒襄之悼董小宛。因为四位作者的生平遭际不同,四书的篇幅也有参差,所以以下分别对四书作一简略的介绍。

(一)

　　兵荒马乱,到处啼痕的明末,却出了几起名士悦倾城的故事,其中的女主角,又都是风尘中人,冒襄与董小宛即为其中为人瞩目的一对。

　　冒襄(1611—1693),字辟疆,号巢民,江苏如皋人。他少有文名,与方以智、陈贞慧、侯方域并称为明末四公子。董小宛是江南四名妓之一,所以他们的结合,特别为后人所艳称。

董小宛的名字,连民间也熟知,就因中间包含着她入清宫为世祖妃这一大疑案,关于这,直到今天,海内外学者还在著文争鸣。冒辟疆的诗文集,一般人未必收藏,但他追念董小宛的《影梅庵忆语》得之甚易,读书界对之普遍欢迎,除了该书具有丰富的史料价值之外,同时也因为作品文字优美、故事凄凉之故。

小宛是秦淮歌妓,名在教坊司乐籍,但她与一般操皮肉生涯者不同,只以歌唱侑酒为主。妓女从良,有的未必出于自愿,结局往往很悲惨。冒董的结合,却是出于小宛的自主,以少女而有慧眼,《忆语》中即有"屡别屡留,不使去"语,所以嫁冒氏后,双方确有真挚的爱情,这从书中所记操家、避乱、侍疾种种情节中都可以看到。在这一点上,董小宛与与她同时并称的柳如是、李香君等一样,比父母包办的婚姻更有自主性。

《忆语》一开头就说:"爱生于昵,昵则无所不饰,缘饰着爱,天下鲜有真可爱者矣。"昵指偏爱,即俗所谓"情人眼里出西施"。言下之意,他在《忆语》中写的小宛各种才德上的优点,都是真实的,出于至情的,"始终本末,不缘狎昵",即并非出于色欲的赏玩。

小宛的才华,确非庸脂俗粉可比。出身乐籍,体弱多病,却能文能诗能书能画。辟疆著书,她帮他"稽查抄写,细心商订,永日终夜,相对忘言"。这时她不过二十岁出头。可惜两人相处,只有九年,"余一生清福,九年占尽,九年折尽矣"。当然,后世更为关心的是董小宛之死这一疑案。

董小宛被掳入宫为清世祖宠妃事,孟森等已有专文辩正(如小宛大于世祖十四岁),这里不再多说。但信者还是有的,其中有这样一说:《忆语》中对小宛在冒家时的一言一行,都写得很周到,但对她的死亡,为什么语焉不详,因而以为这是辟疆有难言之隐,故意回避。这是由于先有入宫的成见,而又不重视《忆语》要点的缘故。

《忆语》对小宛之死,确未作详尽的记载,而对治学、品茗之类,却琐琐写来,不厌其详。这又是什么原因呢?原因是他早已写过两千多字的哀辞;这且留在后面再说,先说《忆语》本身。

《忆语》不分卷,是哀辞的补充,随手摘录,忆则书之,所以没有层次,但从几则记事看,我们已可断言,董小宛是一个不幸的不寿女子。

董、冒第一次相见在崇祯十二年(1639)秋,当时匆匆相别。时冒二十九岁,董十六岁。第二次为十五年二月,小宛危病十八天,又值母死,"镝户不见客,余强之上,叩门至再三,始启户,灯火阒如,宛转登楼,则药饵满几榻"。这时小宛十九岁。她的病,当是肺病,俗所谓"少年痨",在古代等于绝症。后嫁辟疆,《忆语》中有云:"余出入应酬之费,与荆人日用金错泉布,皆出姬手。姬不私铢两,不爱积蓄,不制一宝粟钗钿,死能弥留。元旦次日,必欲求见老母,始瞑目。而一身之外,金珠红紫尽却之不以殉,洵称异人。"这是因赞其治家贤慧而涉及的,似乎小宛生前事迹至此而止,却又不然。这以后所记的与她共处的故事还多得很,可见《忆语》是想到什么写什么,而这些情节,原是长留在辟疆的记忆中,写来又很自然,决非随意捏造,是真是伪,一目了然。又如"每见姬星靥如蜡,弱骨如柴,吾母太恭人及荆妻怜之感之"。可见小宛一直是在病中,强自支撑着治家侍夫,中间又经丧乱流离,对她病情自然极为不利。余怀《板桥杂记》中也说她"年二十七,以劳瘁死"。张明弼《冒姬董小宛传》也这样说,难道都是帮着辟疆捏造?

《忆语》开头时,有自述其写作动机云:"余业为哀辞数千言哭之,格于声韵不尽悉,复约略纪其概。每冥痛思姬之一生,与姬偕九年光景,一齐涌心塞眼。"这是说,小宛死后,他先作了数千言的哀辞,因限于韵文,不能详记,故又作《忆语》。《板桥杂记》也说:"辟疆作《影梅庵忆语》、二千四百言(哀辞)哭之。"余怀当是看到过这篇哀辞的,如果小宛确是入宫的话,冒氏及其友人,只能不作声,还敢公然声张么?

此哀辞刊于如皋冒氏丛书本及拜鸳楼本,今人顾启《冒襄研究》(江苏文艺出版社出版)曾有节引:"凤婴惊悸,肝胆受伤。恒于春半,瘦削肌香。祸触风寒,季夏十七。沈哉沉痗,遂成痰疾。痰涌血溢,五内崩舂。虚焰上浮,热面霞烘。……初腊驰旋,两眼一见。脂玉全削,飘摇徒倩。一息数喘,娇喘气幽。香喉粉碎,靡勺不流。火灼水枯,脾虚肺逆。呼吸泉室,神犹媲媚。"这对小宛病危时的实况,不是写得明明白白么?她的死,确是由于肺病。

冒鹤亭先生于1920年作《影梅庵忆语跋》一文,中有云:"龙阳易顺鼎以皇后(指孝献端敬皇后董鄂氏)行状及《忆语》合刊,其始犹含沙之蜮耳,其继粤人罗惇曧、闽人陈衍则公然笔之于书矣。"则此一公案作俑者原为易顺鼎,后则愈演愈烈矣。

(二)

40年代时,曾经买到《雁来红丛报》,体裁相当于后来的期刊。铅印，32开本，封面有"丙午四月"字样，即光绪三十二年(1906)，其中刊有沈复(1763—?)的《浮生六记》(最早刊《六记》的为《申报馆丛书》)第四册中所收的只到卷三《坎坷记愁》，尚少《浪游记快》，则当时所收的《雁来红丛报》也并非全璧。

沈复字三白，江苏苏州人。年轻时秉承父业，以游幕经商为生，后偕妻离家别居，妻子客死扬州。沈复46岁时，作《浮生六记》前四记。

此书起先并未被重视，经俞平伯、林语堂先后评介后，才露头角。俞氏还说了几句很警辟的话：在旧时聚族而居的大家庭中，"于是婚姻等于性交，不知别有恋爱，卑污的生活便是残害美感之三因"。林氏则在文学的评论上时出偏锋，他称赞沈三白妻陈芸是"中国文学中最可爱的女人"，他把自己的感情投入得太多了，几乎把她看作一位善于交际的洋场中大家闺秀、沙龙主妇，"她只是在我们朋友家中有时遇见有风韵的丽人，因其与夫伉俪情笃，令人尽绝倾慕之念。我们只觉得有这样的一个女人是一件可喜的事，只愿认识她是朋友之妻，可以出入其家，可以不邀自来和她夫妇吃中饭，或者当她与丈夫促膝畅谈文学乳腐卤瓜之时，你打瞌睡，她可以来放一条毛毯把你的脚腿盖上。也许古今各代都有这种女人，不过在芸身上，我们似乎看见这样贤达的美德特别齐全，一生中不可多得"。这是受过"五四"洗礼、喝过洋墨水的林先生笔下塑造的陈芸，并不是沈三白笔下的陈芸，更不是乾隆大帝统治下的陈芸。如果陈芸果真像林先生所想象的那样，她临终时也不会说出忏悔性的话。林先生把陈芸包装得太时髦了。

在陈芸那个时代，她确实是一个性格鲜明，思想高超，有她自己的审美能力，并且敢于摆脱世俗习气的女人。她对翁姑原是小心谨慎，唯恐得罪，如《闺房记乐》云："芸作新妇，初甚缄默，终日无怒容，与之言，微笑而已。事上以敬，处下以和，井井然未曾稍失。每见朝暾上窗，即披衣急起，如有人呼促者然……恐堂上道新娘懒惰耳。"所以上下之间，起先是和睦的，后来却失和了。一度被三白之父斥逐，居于鲁家的萧爽楼。

大家庭的弊害尽人皆知，必须步步为营，不能左顾右盼，小夫妻的恩爱未必象征幸福，往往成为遭忌之由。陈芸本人在人事的处理上，也有失当之处，细观全书自明。为三白纳妾一举更是庸人自扰，后人未必会觉得她大方宽容。沈陈结合，有其感情基础，三白又非富豪，一般的妓女知道什么才情风雅呢？最后，憨园为有力者夺去，引起陈芸的"血疾大发"，终于病死他乡，几至难以成殓。

沈书的文字清新真率，无雕琢藻饰，但在清人小品中亦非第一流，情节则伉俪情深，至死不变，始于欢乐，终于忧患，漂零异乡，悲能动人。但此书在 30 年代所以名噪一时，主要是林语堂的力量，林氏又将此书译成英文，更是天下闻名，后来话剧团还曾改编演出。

下面还要说一说《六记》的后二卷问题。

此书名为《六记》，传世的只有四记，尚缺《中山(指琉球)记历》与《养生记道》。林语堂还说过这样的话："我在猜想，在苏州家藏或旧书铺一定还有一全本，倘有这福分，或可给我们发现。"其实这话也是姑妄言之而已。

不想到了 1936 年，世界书局出版的"美化文学名著丛刊"中忽收有足本，当真凑成了"六记"，而第六记却改为不伦不类的"养生记逍"。

　　世界本前有赵苕狂的考证文,末云:同乡王均卿(文濡)先生,是一位笃学好古的君子,最近,"无意中忽给他在冷摊上得到了《浮生六记》的一个钞本,一翻阅其内容,竟是首尾俱全,连得久已佚去的五、六两卷,也都赫然在内"。接下去却这样说:"至于这个本子,究竟靠得住靠不住?是不是和沈三白的原本相同?我因为没有得到其他的证据,不敢怎样的武断得!但我相信王均卿先生是一位诚实君子,至少在他这一方面,大概不致有所作伪的吧?"这明明是在承认此"足本"来历不可靠,却又闪烁其词。杨引传的序文中说得之于冷摊,这是真冷摊,王文濡的冷摊是假冷摊。

　　《六记》在30年代时,声价已很高,王文濡得到的若是真本,他一定会将收藏经过、版本样式写成专文的,现在却不着一字,只凭赵苕狂的三言两语,只凭所谓"诚实君子"一句话来取信于人,人们怎么能够轻信呢?

　　这里且举伪作的"养生记逍"一段:"同是一人,同处一样之境,甲却能战胜劣境,乙反为劣境所征服。能战胜劣境之人,视劣境所征服之人,较为快乐,所以不必歆羡他人之福,怨恨自己之命。"这不正是民国时期报纸上常见的那种浅近文言的笔调么?乾隆时代的文人,怎会有这种语言模式?

　　其他作伪证据多得很,学术界也已认定是伪书,只是这两卷真稿的缺失,却是很可惜的。

(三)

　　冒襄《影梅庵忆语》问世后,道光年间,又有陈裴之《香畹楼忆语》的印行。陈裴之确是模仿《影梅庵忆语》的,但无论声望及文情,皆远逊于冒著,这是从内容上遭遇上都可以看得出来的。

陈裴之,字孟楷,号小云,曾官南河候补通判。父文述,字退庵,号云伯,浙江钱塘人,曾任江都知县。裴之妻汪端,本陈文述弟子,亦工诗,著有《自然好学斋诗集》十卷。

裴之妾王子兰,字紫湘,南京人,因汪端体弱,产后多病,又欲修明代人诗二集,裴之的祖父又患重病,汪端便向翁姑请求,要为裴之另娶一妇,否则,亦应娶一侧室(紫湘本人也是庶出)。后来陈文述到南京,听说紫湘很贤慧,亦能诗词,乃请侯青甫、欧阳棣之为媒人,迎归至钱塘,时年十九,汪端乃营香畹楼以居紫湘,故又字畹君。

紫湘将到陈家之前,裴之曾作诗数首,其末首云:"白门杨柳暗栖鸦,别梦何尝到谢家。惆怅郁金堂外路,西风吹冷白莲花。"此诗流传到南京,为紫湘所见,大为激赏,"絮果兰因,于此始苗矣"。

后来裴之到南京,与紫湘晤谈后,紫湘伐以诗云:"烟柳空江拂画桡,石城湖接广陵潮。几生修到人如玉,同听箫声廿四桥。"亦略可见紫湘之学养,并对裴之的钟情。

紫湘初到陈家后,倒是侍候汪端的时多,所以汪端很感激她;不但如此,陈家一门也很敬重她。《紫姬小传》云:"余家世代寒素,服食朴简,姬荆布粗粝,安之若素,以是尤得先奉政公(裴之的祖父)欢心。"这篇小传,为紫姬的婆婆龚玉晨所作,也等于是悼词,这也是很难得的。

然而好景不长,这时紫姬已得咯血症,"讳疾不言,渐致沉笃,余以定省久暌,勾当粗毕,醉司命夕(祭灶日),风雪遄归,而姬已骨瘦香桃,恹恹床蓐矣"。这与董小宛一样,都是因肺病而死,年仅二十二,在陈家只过了三年生活。陈裴之亦短命,年仅三十三。

《香畹楼忆语》所记大都是裴之与紫姬两人的恩爱故事,《影梅庵忆语》中所记则多南明政局上的动荡,如高杰的大掠扬州等。陈裴之的文笔藻饰过多,也不及冒氏《忆语》的简练朴厚。

(四)

蒋坦,字蔼卿,钱塘人,诸生,著有《息影庵初存诗集》等。先世管理食盐户籍。咸丰十一年,杭州为太平军攻占,蒋坦奔赴慈溪,投靠他的朋友王景曾。后又回到钱塘,在战乱中饿死。妻关瑛,即秋芙,亦有文才。先蒋坦而卒。

蒋关两家,本是表亲,自幼便相过从。

世界书局美化文学名著丛刊的《秋灯琐忆》中,附有无名氏的《蒋蔼卿小传》一篇。其中说:"未几,秋芙死,蔼卿为制《秋灯琐忆》,皆幽闺遗事,文极隽雅,视冒辟疆《影梅庵忆语》更过之。"

这篇小传,没有作者姓名和年月,而遍观全书,好多细碎小节,都琐琐写来,可是像秋芙之死这样大事,却一句话也没有。在全书最末一段,还这样说:"数年而后,当与秋芙结庐华坞河渚间,夕梵晨钟,忏除慧业。花开之日,当并见弥陀,听无生之法,即或再堕人天,亦愿世世永为夫妇。明日为如来涅槃日,当持此誓,证明佛前。"全书至此而止,那明明是写秋芙尚在人间,怎能看作悼亡之作?

可是书的第三段,却有这样不祥之词:"秋芙之琴,半出余授。入秋以来,因病废辍。既起,指法渐疏,强为理习,乃与弹于夕阳红半楼上。调弦既久,高不成音,再调则当五徽而绝。秋芙索上新弦,忽烟雾迷空,窗纸欲黑,下楼视之,知雏鬟不戒,火延幔帷,童仆扑之始灭,乃知猝断之弦,其谶不远,况‘五’,火数也。应徽而绝,琴其语我乎?"古人以妻死为断弦,续娶为续弦。如果不是悼亡,怎能忍心说这样的话?又云:"秋芙病肺十年,深秋咳嗽,必高枕始得熟睡。今年体力较强,拥髻相对,常至夜分,殆眠餐调摄之功欤?然入秋未数日,未知八九月间更复何如耳。"后来,秋芙回到娘家养病,由蒋坦自己和小姨侣琼陪侍,可见病已很重。"秋芙生负情癖,病中尤为缠缚。余归,必趣人召余,比至,仍无一语。侣琼问之,秋芙曰:‘余命如悬丝,自分难续,仓猝恐无以与诀,彼来,余可撒手行耳。’余闻是言,始觉腹痛,继思秋芙念佛二十年,誓赴金台之迎,观此一念,恐异日轮堕人天,秋芙犹未能免。手中梧桐花,放下正自不易耳。"这些都是断肠语,写此文时,如果秋芙健在,是不会这样说的。无名氏的序文,大概是从这些地方看出来的。总之,此书是否为悼亡之作,一时还很难说。

全书的重心,是闺房之间的琐事,情节很简单,故亦无须作更多的阐释,林语堂在《生活的艺术》中,便把秋芙和《浮生六记》中的陈芸,看作中国古代两个最可爱的女子,未免有些偏爱,但这样的女子,何以出现在清代,也是与历史条件有关的。

金性尧　金文男

1999 年 11 月

目　录

出版说明······················（ 1 ）

前言······················（ 1 ）

影梅庵忆语·················· 冒　襄（ 1 ）

浮生六记·················· 沈　复（35）
　　卷一　闺房记乐·················（37）
　　卷二　闲情记趣·················（56）
　　卷三　坎坷记愁·················（66）
　　卷四　浪游记快·················（83）

香畹楼忆语·················· 陈裴之（113）

秋灯琐忆·················· 蒋　坦（155）

影◇梅◇庵◇忆◇语

［清］　冒　襄

影梅庵忆语

爱生于昵,昵则无所不饰。缘饰著爱,天下鲜有真可爱者矣。矧内屋深屏①,贮光闳彩,止凭雕心镂质之文人描摹想象,麻姑幻谱②,神女浪传③。近好事家复假篆声诗④,侈谈奇合,遂使西施、夷光、文君、洪度⑤,人人阁中有之,此亦闺秀之奇冤,而啖名之恶习已。

① 矧(shěn):况且。
② 麻姑:神话中的女仙。
③ 神女:巫山女神,相传楚襄王游高唐时梦中所遇。
④ 声诗:乐曲。
⑤ 西施、夷光:古代越国美女。 文君:卓文君。汉人,司马相如之妻。 洪度:薛涛,字洪度,唐代女诗人。

亡妾董氏,原名白,字小宛,复字青莲。籍秦淮①,徙吴门②。在风尘虽有艳名,非其本色。倾盖矢从余③,入吾门,智慧才识,种种始露。凡九年,上下内外大小,无忤无间。其佐余著书肥遁④,佐余妇精女红,亲操井臼,以及蒙难遘疾,莫不履险如夷,茹苦若饴,合为一人。今忽死,余不知姬死而余死也,但见余妇茕茕粥粥⑤,视左右手罔措也,上下内外大小之人,咸悲酸痛楚,以为不可复得也。传其慧心隐行,闻者叹者,莫不谓文人义士难与争俦也。

① 籍秦淮：指董小宛原为秦淮名妓。秦淮即流经南京的秦淮河，为妓院集居之地。

② 吴门：苏州别称。

③ 倾盖：比喻短暂的初次相识。　矢：发誓。

④ 肥遁：隐居。

⑤ 茕茕：孤独的样子。　粥粥(yù yù)：不知所措的样子。

余业为《哀辞》数千言哭之①，格于声韵不尽悉，复约略纪其概。每冥痛沉思姬之一生，与偕姬九年光景，一齐涌心塞眼，虽有吞鸟梦花之心手②，莫能追述。区区泪笔，枯涩黯削，不能自传其爱，何有于饰？矧姬之事余，始终本末，不缘狎昵。余年已四十，须眉如戟。十五年前，眉公先生谓余视锦半臂碧纱笼③，一笑睻若，岂至今复效轻薄子漫谱情艳，以欺地下？傥信余之深者，因余以知姬之果异，赐之鸿文丽藻，余得藉手报姬，姬死无恨，余生无恨。

① 《哀辞》：指作者所写之《亡妾董小宛哀辞》，该辞共2400字、240韵。

② 吞鸟：传罗含少时梦鸟飞来入口，自是才藻日新。见《艺文类聚》引《罗含传》。　梦花：梦笔生花，相传唐代大诗人李白梦见所用笔头生花，后果然才气横溢，名闻天下。后喻文思泉涌。

③ 眉公：陈继儒(1558—1639)，号眉公，明末著名的隐逸文人。半臂：指短袖衣，即背心。此指爱宠纷多。典出《东轩笔录》：宋子京(宋祁)多内宠，曾宴曲江，觉微凉，十余宠各送一半臂。　碧纱笼：唐王播

贫时曾题诗僧院,后贵,见所题诗被僧用碧纱盖护。见《唐摭言》。此指富贵发达。

己卯初夏①,应试白门②,晤密之③,云:"秦淮佳丽,近有双成④,年甚绮,才色为一时之冠。"余访之,则以厌薄纷华,挈家去金阊矣⑤。嗣下第,浪游吴门,屡访之半塘⑥,时逗留洞庭不返⑦。名与姬颉颃者,有沙九畹、杨漪炤。予日游两生间,独眄眄不见姬。将归棹,重往冀一见。姬母秀且贤,劳余曰:"君数来矣,予女幸在舍,薄醉未醒。"然稍停,复他出,从兔径扶姬于曲栏,与余晤。面晕浅春,缬眼流视,香姿玉色,神韵天然,懒慢不交一语。余惊爱之,惜其倦,遂别归,此良晤之始也。时姬年十六。

① 己卯:崇祯十二年(1639)。
② 白门:金陵别称,今南京。
③ 密之:方以智(1611—1671),字密之,明清之际思想家、科学家。
④ 双成:董双成,相传为西王母侍女,在炼丹得道后吹笙驾鹤升仙。因小宛姓董,故比之。
⑤ 金阊:在苏州阊门内。此代指苏州。
⑥ 半塘:在苏州虎丘一带。
⑦ 洞庭:指苏州西太湖中的东、西洞庭山。

庚辰夏①,留滞影园,欲过访姬。客从吴门来,知姬去西子湖,兼往游黄山白岳②,遂不果行。辛巳早春③,余省觐去衡岳,由浙路往,过半塘讯姬,则仍滞黄山。许忠节公赴粤任④,

与余联舟行。偶一日，赴饮归，谓余曰："此中有陈姬某⑤，擅梨园之胜，不可不见。"余佐忠节治舟数往返，始得之。其人淡而韵，盈盈冉冉，衣椒茧时，背顾湘裙，真如孤鸾之在烟雾。是日演弋腔《红梅》⑥，以燕俗之剧，咿呀啁哳之调，乃出之陈姬身口，如云出岫，如珠在盘，令人欲仙欲死。漏下四鼓，风雨忽作，必欲驾小舟去。余牵衣订再晤，答云："光福梅花如冷云万顷⑦，子越旦偕我游否？则有半月淹也。"余迫省觐，告以不敢迟留故，复云："南岳归棹，当迟子于虎䟫丛桂间⑧。盖计其期，八月返也。"余别去，恰以观涛日奉母回⑨。至西湖，因家君调已破之襄阳⑩，心绪如焚，便讯陈姬，则已为窦、霍豪家掠去⑪，闻之惨然。及抵阊门，水涩舟胶，去浒关⑫十五里，皆充斥不可行。偶晤一友，语次有"佳人难再得"之叹。友云："子误矣！前以势劫去者，赝某也。某之匿处，去此甚迩，与子偕往。"至果得见，又如芳兰之在幽谷也。相视而笑曰："子至矣，子非雨夜舟中订芳约者耶？曩感子殷勤，以凌遽不获订再晤。今几入虎口，得脱，重晤子，真天幸也。我居甚僻，复长斋，茗碗炉香，留子倾倒于明月桂影之下，且有所商。"余以老母在舟，缘江楚多梗，率健儿百余护行，皆住河干，矍矍欲返。甫黄昏而炮械震耳，击炮声如在余舟旁，亟星驰回，则中贵争持河道，与我兵斗，解之始去。自此余不复登岸。越旦，则姬淡妆至，求谒吾母太恭人，见后仍坚订过其家。乃是晚，舟仍中梗，乘月一往，相见，卒然曰："余此身脱樊笼，欲择人事之。终身可托者，无出君右。适见太恭人，如覆春云，如饮甘露，真得所天⑬。子毋辞。"余笑曰："天下无此易易事。且严亲在兵火，我归，当弃妻子以殉。两过子，皆路梗中无聊闲步耳。子言突至，余甚讶。即果尔，亦塞耳坚谢，无徒误子。"复宛转云："君倘不终弃,誓待君堂上昼锦旋⑭。"余答曰:"若尔,当与子约。"
惊喜申嘱,语絮絮不悉记,即席作八绝句付之⑮。

① 庚辰:崇祯十三年(1640)。

② "知姬"两句:董小宛此去黄山白岳是与钱谦益同行。冒襄《和
书云先生己巳夏寓桃叶渡口即事感怀原韵》诗后跋云:"董姬十三离秦
淮,居半塘六年,从牧斋(钱谦益)先生游黄山,留新安三年。"此事是下
文中钱谦益为成全冒、董两人而慷慨解囊的因由之一。白岳,黄山的一
峰。

③ 辛巳:崇祯十四年(1641)。

④ 许忠节:许直,字若鲁,江苏如皋人,官考功员外郎,农民起义
军攻陷都城,自缢死。此指许直赴粤任惠来知县。

⑤ 陈姬:陈圆圆(1623—1695),名沅,字畹芬,苏州名妓,善歌舞,
曾为 辽东总督吴三桂之妾。

⑥ 弋腔:即弋阳腔,约起于明末清初。 《红梅》:明传奇《红梅
记》,为戏曲传统剧目。

⑦ 光福:山名,在江苏吴县西,一说即邓蔚的俗名。

⑧ 迟:等待。 虎疁:地名,在江苏苏州西北,又称浒墅。

⑨ 观涛日:指阴历八月中旬。

⑩ "因家君"句:冒襄之父冒起宗在张献忠攻破襄阳后,被调任吏
部侍郎之职。襄阳:今湖北襄樊。

⑪ 窦、霍:汉武帝时的豪门贵族,此借指皇亲国戚。据考,崇祯十
四年(1641),外戚田弘遇奉命到南海普陀山进香,路过苏州时曾劫持陈
圆圆,但所得者并非圆圆。

⑫ 浒关:浒墅关,在今吴县西北。

⑬ 所天,此指长辈婆母。

⑭ 昼锦旋:用《旧唐书·张士贵传》载唐高祖劝其"衣锦昼游"事。

⑮ 八绝句:即冒襄的《赠畹芬八绝句》。

归历秋冬，奔驰万状，至壬午仲春①，都门政府言路诸公②，恤劳人之劳，怜独子之苦，驰量移之耗③，先报余。时正在毗陵④，闻音如石去心，因便过吴门慰陈姬。盖残冬屡趣余，皆未及答。至则十日前复为窦霍门下客以势逼去⑤。先，吴门有昵之者，集千人哗劫之。势家复为大言挟诈，又不惜数千金为贿。地方恐贻伊戚，劫出复纳入。余至，怅惘无极，然以急严亲患难，负一女子无憾也。是晚壹郁⑥，因与友觅舟去虎嚛夜游。明日，遣人之襄阳，便解维归里⑦。

① 壬午：崇祯十五年(1642)。
② "都门"句：指京城中向朝廷进言的官员。
③ 量移：因罪被贬至远方的官吏，遇赦则酌情改移近处任职，称"量移"。后也以此称迁职。此指冒襄之父已调出襄阳。 耗：消息。
④ 毗陵：今江苏常州。
⑤ 窦霍门下客：指田弘遇的女婿、锦衣卫汪起先。据考，汪起先于崇祯十五年(1642)四月于苏州劫取陈圆圆献给田弘遇。窦、霍两家均汉代著名外戚。
⑥ 壹郁：抑郁。
⑦ 解维：解缆。

舟过一桥，见小楼立水边。偶询游人："此何处，何人之居？"友以双成馆对。余三年积念，不禁狂喜，即停舟相访。友阻云："彼前亦为势家所惊，危病十有八日，母死，镉户不见客①。"余强之上，叩门至再三，始启户，灯火阒如。宛转登楼，则药饵满几榻。姬沉吟询何来，余告以昔年曲栏醉晤人。姬忆，泪下曰："曩君屡过余，虽仅一见，余母恒背称君奇秀，为余惜不共君盘桓。今三年矣,余母新死,见君忆母,言犹在耳。今从何处来?"便强起,揭帏帐审视余,且移灯留坐榻上。谭有顷,余怜姬病,愿辞去。牵留之曰:"我十有八日寝食俱废,沉沉若梦,惊魂不安。今一见君,便觉神怡气王。②"旋命其家具酒食,饮榻前。姬辄进酒,屡别屡留,不使去。余告之曰:"明朝遣人去襄阳,告家君量移喜耗。若宿卿处,诘旦不能报平安。俟发使行,宁少停半刻也。"姬曰:"子诚殊异,不敢留。"遂别。

① 镉户:闭门。
② 王:通"旺"。

越旦,楚使行,余亟欲还,友人及仆从咸云:"姬昨仅一倾盖,拳切不可负。"仍往言别,至则姬已妆成,凭楼凝睇,见余舟傍岸,便疾趋登舟。余具述即欲行,姬曰:"我装已成,随路相送。"余却不得却,阻不忍阻。由浒关至梁溪毗陵、阳羡、澄江①,抵北固②,越二十七日,凡二十七辞,姬惟坚以身从。登金山,誓江流曰:"妾此身如江水东下,断不复返吴门!"余变色拒绝,告以期迫科试,年来以大人滞危疆,家事委弃,老母定省俱违,今始归,经理一切。且姬吴门责逋甚众③,金陵落籍,亦费商量,仍归吴门,俟季夏应试,相约同赴金陵。秋试毕,第与否,始暇及此,此时缠绵,两妨无益。姬仍踌躇不肯行,时五木在几④,一友戏云:"卿果终如愿,当一掷得巧。"姬肃拜于船窗,祝毕,一掷得"全六",时同舟称异。余谓果属天成,仓卒不臧,反偾乃事,不如暂去,徐图之。不得已,始掩面痛哭,失声而别。余虽怜姬,然得轻身归,如释重负。

① 梁溪:水名,在江苏无锡南。相传东汉梁鸿曾居此而名。后亦以梁溪称无锡。　阳羡:今江苏宜兴。　澄江:江苏江阴之别称。
② 北固:山名,在江苏镇江北。
③ 责,通"债"。
④ 五木:古赌具,如现在的骰子。

才抵海陵①,旋就试,至六月抵家。荆人对余云②:"姬令其父先已过江来云:姬返吴门,茹素不出,惟翘首听金陵偕行之约。闻言心异,以十金遣其父去曰:'我已怜其意而许之,但令静俟毕场事后,无不可耳。'"余感荆人相成相许之雅,遂不践走使迎姬之约,竟赴金陵,俟场后报姬。金桂月三五之辰③,余方出闱,姬猝到桃叶寓馆④。盖望余耗不至,孤身挈一姬,买舟自吴门江行。遇盗,舟匿芦苇中,舵损不可行,炊烟遂断三日。初八抵三山门⑤,又恐扰余首场文思,复迟二日始入。姬见余虽甚喜,细述别后百日茹素杜门与江行风波盗贼惊魂状,则声色俱凄,求归逾固。时魏塘、云间、闽、豫诸同社⑥,无不高姬之识,悯姬之诚,咸为赋诗作画以坚之。场事既竣,余妄意必第,自谓此后当料理姬事,以报其志。讵十七日,忽传家君舟抵江干,盖不赴宝庆之调⑦,自楚休致矣⑧。时已二载违养,冒兵火生还,喜出望外,遂不及为姬谋去留,竟从龙潭尾家君舟抵銮江⑨。家君阅余文,谓余必第,复留之銮江候榜。姬从桃叶寓馆仍发舟追余,燕子矶阻风⑩,几复罹不测,重盘桓銮江舟中。七日,乃榜发,余中副车⑪。穷日夜力归里门,而姬痛哭相随,不肯返,且细悉姬吴门诸事,非一手足力所能了。责逋者见其远来,益多奢望,众口猖猖。且严亲甫归,余复下第意阻,万难即诣。舟抵郭外朴巢,遂冷面铁心,与姬决别,仍令姬返吴门,以厌责逋者之意⑫,而后事可为也。

　① 海陵:今江苏泰州。

　② 荆人:妻子,此指冒襄结发之妻苏氏。

　③ 金桂月三五之辰:农历八月十五。

　④ 桃叶:桃叶渡,在今南京秦淮、青溪合流处。相传王献之宠妾名桃叶,献之曾临渡边以送之。

　⑤ 三山:在江宁县西南,李白"三山半落青天外",即指其地。

　⑥ 魏塘:今浙江嘉善。　云间:上海松江的古称。

　⑦ 宝庆:今湖南宝庆。　调:指宝庆副使。

　⑧ 楚:指襄阳。　休致:官员辞职退休。

　⑨ 龙潭:镇名,在江苏句容县北。

　⑩ 燕子矶:在南京东北郊。因矶头屹立长江边,三面悬绝,宛如飞燕而名。

　⑪ 副车:乡试的副榜贡生。

　⑫ 以厌责逋者之意:以满足讨债人的意愿。

　　阳月过润州①,谒房师郑公②,时闽中刘大行自都门来,与陈大将军及同盟刘刺史饮舟中③。适奴子自姬处来,云:姬归不脱去时衣,此时尚方空在体,谓余不速往图之,彼甘冻死。刘大行指余曰:"辟疆夙称风义,固如是负一女子耶?"余云:"黄衫押衙,非君平、仙客所能自为④。"刺史举杯奋袂曰:"若以千金恣我出入,即于今日往。"陈大将军立贷数百金,大行以参数斤佐之。讵谓刺史至吴门,不善调停,众哗决裂,逸去吴江。余复还里,不及讯。

① 阳月:阴历十月。 润州:指今江苏镇江。

② 房师:举人、贡士对荐举本人试卷的同考官的尊称。

③ 刺史:此沿旧称,明清时为知府。

④ "黄衫"两句:用《太平广记》中《柳氏传》和《无双传》典。黄衫押衙,指管理皇宫仪仗的侍卫,因服黄衫而名。此喻称侠客。君平,唐代诗人韩翃的字。韩与柳氏相爱,后柳氏被番将沙吒利夺走,经虞候许俊之助,韩柳终于团圆。仙客,《无双传》中的王仙客,与无双相爱,无双因父罪被收入宫中,仙客拜托姓古的押衙用计救出,两人遂得团圆。

姬孤身维谷,难以收拾。虞山宗伯闻之①,亲至半塘,纳姬舟中。上至荐绅②,下及市井,纤悉大小,三日为之区画立尽,索券盈尺。楼船张宴,与姬钱于虎嘐,旋买舟送至吾皋。至至月之望③,薄暮侍家君饮于拙存堂,忽传姬抵河干。接宗伯书,娓娓洒洒,始悉其状,且即驰书贵门生张祠部立为落籍吴门④,后有细琐,则周仪部终之,而南中则李宗宪旧为礼垣者与力焉⑤。越十月,愿始毕,然往返葛藤,则万斛心血所灌注而成也。

① 虞山宗伯:即钱谦益(1582—1664)。江苏常熟虞山人,字受之,号牧斋。明万历进士,崇祯初官礼部侍郎,后任尚书。诗文在当时均负盛名。宗伯,即大宗伯,礼部尚书的古称。

② 荐绅:指官宦。

③ 至月之望:阴历十一月十五日。至月,指冬至所在的月份。

④ 落籍:除去乐籍,恢复平民身份。
⑤ 宗宪:御史台官员。 礼垣:礼部。

壬午清和晦日①,姬送余至北固山下,坚欲从渡江归里。余辞之,益哀切,不肯行。舟泊江边,时西先生毕今梁寄余夏西洋布一端②,薄如蝉纱,洁比雪艳。以退红为里③,为姬制轻衫,不减张丽华桂宫霓裳也④。偕登金山⑤,时四五龙舟冲波激荡而上,山中游人数千,尾余两人,指为神仙。绕山而行,凡我两人所止,则龙舟争赴,回环数匝不去。呼询之,则驾舟者皆余去秋浙回官舫长年也⑥。劳以鹅酒,竟日返舟,舟中宣瓷大白盂⑦,盛樱珠数斤,共啖之,不辨其为樱为唇也。江山人物之盛,照映一时,至今谭者侈美。

① 壬午:崇祯十五年(1642)。 清和:天气清明和暖,后用为阴历四月的别称。 晦日:阴历月终。
② 西先生:指外国友人。
③ 退红:粉红色。
④ 张丽华(560—589):南朝陈后主妃,以美色见宠。隋军破建康,从后主匿井中,搜出后被杀。 桂宫:月宫,后主为张贵妃所建,以圆门置桂像月而名。 霓裳:衣服的美称。
⑤ 金山:山名,在江苏镇江西北。
⑥ 长年:船工。
⑦ 宣瓷:明宣德窑所制瓷器,以精致著名。

秦淮中秋日,四方同社诸友感姬为余不辞盗贼风波之险①,间关相从,因置酒桃叶水阁。时在座为眉楼顾夫人②,寒秀斋李夫人③,皆与姬为至戚,美其属余,咸来相庆。是日新演《燕子笺》④,曲尽情艳。至霍华离合处,姬泣下,顾、李亦泣下。一时才子佳人,楼台烟水,新声明月,俱足千古。至今思之,不啻游仙枕上梦幻也⑤。銮江汪汝为园亭极盛,而江上小园,尤收拾江山胜概。壬午鞠月之朔⑥,汝为曾延予及姬于江口梅花亭子上。长江白浪拥象,奔赴杯底,姬轰饮巨叵罗⑦,觞政明肃,一时在座诸妓,皆颓唐溃逸。姬最温谨,是日豪情逸致,则余仅见。

① 同社:指复社。

② 眉楼顾夫人:顾媚。字眉生,又名眉,江苏上元人。本为金陵妓女,后被龚鼎孳纳为妾,通文史,工画兰,精诗词音律。

③ 寒秀斋李夫人:李大娘,字宛君,性格豪爽,有侠妓之称。

④ 《燕子笺》:传奇名,明阮大铖著。描写唐代霍都梁与妓女郦飞云、华行云遇合事,因以燕子衔笺作关目,故名。

⑤ 游仙枕:相传唐玄宗时,龟兹国献一枕。卧之,则三岛、四海、五湖皆入梦中,因名游仙。

⑥ 鞠月之朔:阴历九月初一。鞠,通“菊”。《礼记·月令》:“季秋之月,鞠有黄华。”

⑦ 叵(pǒ)罗:古代酒杯。

乙酉①,余奉母及家眷流寓盐官②,春过半塘,则姬之旧寓固宛然在也。姬有妹晓生,同沙九畹登舟过访,见姬为余如意珠,而荆人贤淑,相视复如水乳,群美之,群妒之。同上虎丘,与予指点旧游,重理前事,吴门知姬者咸称其俊识,得所归云。

鸳鸯湖上③，烟雨楼高。逶迤而东，则竹亭园半在湖内。然环城四面，名园胜寺，夹浅渚层溪而激滟者，皆湖也。游人一登烟雨楼，遂谓已尽其胜，不知浩瀚幽渺之致，正不在此。与姬曾为竟日游，又共追忆钱塘江下桐君严濑碧浪苍岩之胜④，姬更云："新安山水之逸⑤，在人枕灶间⑥，尤足乐也。"

① 乙酉：弘光元年，顺治二年(1645)。

② 盐官：镇名，在浙江海宁西南。

③ 鸳鸯湖：即南湖，在浙江嘉兴西南。湖中多鸳鸯，或云东西南湖相接，有如鸳鸯，故名。湖中有烟雨楼、钓鳌矶等名胜。

④ 桐君：指桐江，在浙江省中部，钱塘江自建德梅城至桐庐段的别称。江边有七里濑，为汉严子陵垂钓处。

⑤ 新安：新安江，在浙江上游。

⑥ 枕灶：枕边灶边，言近在咫尺。

　　虞山宗伯送姬抵吾皋，时侍家君饮于家园，仓卒不敢告严君。又侍饮至四鼓，不得散。荆人不待余归，先为洁治别室，帏帐、灯火、器具、饮食，无一不顷刻具。酒阑见姬，姬云："始至，正不知何故不见君，但见婢妇簇我登岸，心窃怀疑，且深恫骇。抵斯室，见无所不备。旁询之，始感叹主母之贤，而益快经岁之矢相从不误也。"自此姬屏别室，却管弦，洗铅华，精学女红，恒月余不启户。耽寂享恬，谓骤出万顷火云，得憩清凉界，回视五载风尘，如梦如狱。居数月，于女红无所不妍巧，锦绣工鲜。刺巾裾，如虮无痕，日可六幅。翦彩织字、缕金回文，各厌其技①，针神针绝②，前无古人已③。姬在别室四月，荆人携之归。入门,吾母太恭人与荆人见而爱异之④,加以殊眷。幼姑长姊,尤珍重相亲,谓其德性举止,均非常人。而姬之侍左右,服劳承旨,较婢妇有加无已。烹茗剥果,必手进;开眉解意,爬背喻痒。当大寒暑,折胶铄金时,必拱立座隅,强之坐饮食,旋坐旋饮食,旋起执役,拱立如初。余每课两儿文,不称意,加夏楚⑤,姬必督之改削成章,庄书以进,至夜不懈。越九年,与荆人无一言枘凿。至于视众御下,慈让不遑,咸感其惠。余出入应酬之费与荆人日用金错泉布⑥,皆出姬手。姬不私铢两,不爱积蓄,不制一宝粟钗钿。死能弥留,元旦次日,必欲求见老母,始瞑目,而一身之外,金珠红紫尽却之,不以殉,洵称异人。

① 厌:擅长。
② 针神:相传三国魏文帝美人薛灵云妙于针工,虽处深帷之内,不用灯光,裁制立成,宫中称为针神。 针绝:《拾遗记》载,吴王赵夫人能刺绣作山岳河海城邑行阵之形,号针绝。
③ 已:矣。
④ 恭人:四品官之妻的封号。
⑤ 夏(jiǎ)楚:古代扑责之具。
⑥ 金错、泉布:两者皆为古代货币名。

余数年来,欲裒集四唐诗,购全集、类逸事、集众评,列人与年为次第,每集细加评选,广搜遗失,成一代大观。初、盛稍有次第,中、晚有名无集、有集不全,并名、集俱未见者甚夥,《品汇》①,六百家大略耳,即《纪事本末》②,千余家名姓稍存,而诗不具。《全唐诗话》更觉寥寥③。芝隰先生序《十二唐人》，称豫章大家④，藏中晚未刻集七百余种。孟津王师向余言⑤：买灵宝许氏《全唐诗》数车满载⑥，即曩流寓盐官胡孝辕职方批阅唐人诗⑦，剞劂工费，需数千金。僻地无书可借，近复裹足牖下，不能出游购之，以此经营搜索，殊费工力。然每得一帙，必细加丹黄。他书有涉此集者，皆录首简，付姬收贮。至编年论人，准之《唐书》。姬终日佐余稽查抄写，细心商订，永日终夜，相对忘言。阅诗无所不解，而又出慧解以解之。尤好熟读《楚辞》、少陵、义山、王建、花蕊夫人、王珪三家宫词⑧，等身之书，周回座右，午夜衾枕间，犹拥数十家《唐书》而卧。今秘阁尘封，余不忍启，将来此志，谁克与终？付之一叹而已。

① 《品汇》：即《唐诗品汇》，明高棅编选，共选 620 人 5700 余首诗。唐诗之分初、盛、中、晚即自高棅始。

② 《纪事本末》：《唐诗纪事》，南宋计有功撰，共收 81 卷，记载 1150 个唐代诗人。

③ 《全唐诗话》：旧题南宋尤袤撰。一说是贾似道授意门客廖莹中剽窃《唐诗纪事》而成。

④ 豫章：今江西南昌。

⑤ 孟津：县名，在河南洛阳北部。

⑥ 灵宝：古县名，明清时属河南陕州。

⑦ 胡孝辕：胡震亨，海盐人。藏书万卷，著有《唐音统签》等。职方：官名。明清时掌舆图、军制、城隍、镇戍、简练、征讨之事。

⑧ 花蕊夫人：后蜀主孟昶妃，姓徐，青城人，曾效唐王建作《宫词百首》。　三家：指王建、花蕊夫人、王珪。

犹忆前岁。余读《东汉》①,至陈仲举、范、郭诸传②,为之抚几,姬一一求解其始末,发不平之色,而妙出持平之议,堪作一则史论。乙酉③,客盐官,尝向诸友借书读之,凡有奇僻,命姬手抄。姬于事涉闺阁者,则另录一帙。归来与姬遍搜诸书,续成之,名曰《奁艳》。其书之瑰异精秘,凡古人女子,自顶至踵,以及服食器具,亭台歌舞,针神才藻,下及禽鱼鸟兽,即草木之无情者,稍涉有情,皆归香丽。今细字红笺,类分条析,俱在奁中。客春顾夫人远向姬借阅此书,与龚奉常极赞其妙④,促绣梓之。余即当忍痛为之校雠鸠工,以终姬志。

① 《东汉》:指《后汉书》。
② 陈仲举:陈蕃,字仲举,东汉大臣,因与外戚窦武谋诛宦官,事泄遇害。 范:范滂。 郭:郭亮。皆为东汉时期反对宦官专权、刚正不阿的人物。
③ 乙酉:清顺治二年(1645)。
④ 龚奉常:龚鼎孳,安徽合肥人,字孝升,奉常为官名,即太常。崇祯年间进士,能诗善文,清初与吴伟业、钱谦益并称江左三大家。

姬初入吾家,见董文敏为余书《月赋》①,仿钟繇笔意者②,酷爱临摹,嗣遍觅钟太傅诸帖学之。阅《戎辂表》③,称关帝君为贼将,遂废钟学《曹娥碑》④,日写数千字,不讹不落。余凡有选摘,立抄成帙,或史或诗,或遗事妙句,皆以姬为绀珠⑤。又尝代余书小楷扇,存戚友处,而荆人米盐琐细,以及内外出入,无不各登手记,毫发无遗。其细心专力,即吾辈好学人鲜及也。

①　董文敏:明著名书画家董其昌的谥。《月赋》:南朝宋文学家
谢庄(421—466)的名篇,见录于《文选》。

②　钟繇(151—230):三国魏大臣,书法家。曾任太傅,故又称钟太
傅。工书法,尤精隶、楷体,与晋王羲之并称"钟王"。

③　《戎辂表》:有关军事谋略的奏章。此指钟繇《戎辂表》字帖。

④　《曹娥碑》:小楷帖本,书法古淡秀润。曹娥,东汉孝女,其父溺
死江中,曹娥沿江哭号十七昼夜,投江而死。

⑤　绀珠:相传唐开元年间宰相张说有一颗绀珠,人见此珠,即能
记事不忘,故名记事珠。绀,青红色。

　　姬于吴门曾学画未成,能作小丛寒树,笔墨楚楚,时于几
砚上辄自图写,故于古今绘事,别有殊好。偶得长卷小轴与笥
中旧珍,时时展玩不置。流离时宁委奁具,而以书画捆载自
随。末后尽裁装潢,独存纸绢,犹不得免焉,则书画之厄,而姬
之嗜好,真且至矣。

　　姬能饮,自入吾门,见余量不胜蕉叶①,遂罢饮,每晚侍荆
人数杯而已。而嗜茶与余同性。又同嗜界片②。每岁半塘顾
子兼择最精者缄寄,具有片甲蝉翼之异。文火细烟,小鼎长
泉,必手自吹涤。余每诵左思《娇女诗》"吹嘘对鼎𬭚"之句③,
姬为解颐。至"沸乳看蟹目鱼鳞,传瓷选月魂云魄",尤为精
绝。每花前月下,静试对尝,碧沉香泛,真如木兰沾露,瑶草临
波,备极卢陆之致④。东坡云:"分无玉碗捧蛾眉⑤。"余一生清
福,九年占尽,九年折尽矣!

①　蕉叶:指蕉叶形浅口酒杯。

②　界片:茶名。界一作"岕",岕茶产于浙江长兴。

③　左思(约250—约305):西晋文学家,以《三都赋》名闻当时。

④　卢:卢仝,唐代诗人,曾作《走笔谢孟谏议寄新茶》诗,谓一连饮茶七碗而后即可成仙。　陆:陆羽,唐代学者,以嗜茶著名,曾著《茶经》三篇,为我国最早关于茶的著作。陆羽也被民间祀为茶神。

⑤　"分无"句:意谓没有蛾眉给自己捧玉杯的福份。

姬每与余静坐香阁,细品名香。宫香诸品淫,沉水香俗。俗人以沉香著火上,烟扑油腻,顷刻而灭。无论香之性情未出,即著怀袖,皆带焦腥。沉香坚致而纹横者,谓之"横隔沉",即四种沉香内革沉横纹者是也,其香特妙。又有沉水结而未成,如小笠大菌,名"蓬莱香",余多蓄之。每慢火隔砂,使不见烟,则阁中皆如风过伽楠、露沃蔷薇、热磨琥珀、酒倾犀斝之味①,久蒸衾枕间,和以肌香,甜艳非常,梦魂俱适。外此则有真西洋香方,得之内府②,迥非肆料③。丙戌客海陵④,曾与姬手制百丸,诚闺中异品,然爇时亦以不见烟为佳。非姬细心秀致,不能领略到此。黄熟出诸番,而真腊为上⑤。皮坚者为黄熟桶,气佳而通;黑者为隔筱黄熟。近南粤东莞茶园村土人种黄熟⑥,如江南之艺茶,树矮枝繁,其香在根。自吴门解人剔根切白,而香之松朽尽削,油尖铁面尽出。余与姬客半塘时,知金平叔最精于此,重价数购之,块者净润,长曲者如枝如虬,皆就其根之有结处随纹缕出,黄云紫绣,半杂鹧鸪斑,可拭可玩。寒夜小室,玉帏四垂。髹几重叠⑦,烧二尺许绛蜡二三枝,陈设参差,堂几错列,大小数宣炉⑧,宿火常热,色如液金粟玉。细拨活灰一寸,灰上隔砂选香蒸之,历半夜,一香凝然,不焦不竭,郁勃氤氲,纯是糖结。热香间有梅英半舒,荷鹅梨

蜜脾之气,静参鼻观⑨。忆年来共恋此味此境,恒打晓钟尚未
著枕,与姬细想闺怨,有斜倚薰篮,拨尽寒炉之苦,我两人如在
蕊珠众香深处⑩。今人与香气俱散矣,安得返魂一粒,起于幽
房闷室中也。一种生黄香,亦从枯肿朽痈中取其脂凝脉结、嫩
而未成者。余尝过三吴白下⑪,遍收筐箱中,盖面大块,与粤
客自携者,甚有大根株尘封如土,皆留意觅得,携归,与姬为晨
夕清课,督婢子手自剥落,或斤许仅得数钱,盈掌者仅削一片,
嵌空镂剔,纤悉不遗,无论焚蒸,即嗅之,味如芳兰,盛之小盘,
层撞中色殊香别,可弄可餐。曩曾以一二示粤友黎美周,讶为
何物,何从得如此精妙?即《蔚宗传》中恐未见耳⑫。又东莞
以女儿香为绝品,盖土人拣香,皆用少女。女子先藏最佳大
块,暗易油粉,好事者复从油粉担中易出。余曾得数块于汪友
处,姬最珍之。

① 伽楠:梵文音译,意为"众院"或僧院。佛教寺院的通称。
② 内府:皇宫中的府库。
③ 肆料:市场上可购得的物品。
④ 丙戌:清顺治三年(1646)。 海陵:今江苏泰州。
⑤ 真腊:即今柬埔寨。
⑥ 东莞:今属广东。
⑦ 罽毹:彩纹细毛毯。
⑧ 宣炉:明宣德时所制之炉。
⑨ 鼻观:即鼻闻。
⑩ 蕊珠:道家传说天上上清宫有蕊珠宫。
⑪ 三吴:古以苏州为东吴、润州为中吴、湖州为西吴,合称"三
吴"。 白下:南京别称。
⑫ 《蔚宗传》:南朝宋范晔,字蔚宗,曾修订《后汉书》,其传入《宋

书》及《南史》,传中曾收有《和香方》。

　　余家及园亭,凡有隙地,皆值梅。春来早夜出入,皆烂漫
香雪中。姬于含蕊时,先相枝之横斜与几上军持相受①,或隔
岁便芟藕得宜,至花放恰采入供。即四时草花竹叶,无不经营
绝慧,领略殊清,使冷韵幽香,恒霏微于曲房斗室。至秾艳肥
红,则非其所赏也。秋来犹耽晚菊,即去秋病中,客贻我翦桃
红,花繁而厚,叶碧如染,浓条婀娜,枝枝具云髼风斜之态。姬
扶病三月,犹半梳洗,见之甚爱,遂留榻右。每晚高烧翠蜡,以
白团回六曲,围三面,设小座于花间,位置菊影,极其参横妙
丽。始以身入,人在菊中,菊与人俱在影中。回视屏上,顾余
曰:"菊之意态尽矣,其如人瘦何?"至今思之,澹秀如画。闺中
蓄春兰九节及建兰,自春徂秋,皆有三湘七泽之韵②。沐浴姬
手,尤增芳香。《艺兰十二月歌》,皆以碧笺手录粘壁。去冬姬
病,枯萎过半。楼下黄梅一株,每腊万花,可供三月插戴。去
冬姬移居香俪园静摄,数百枝不生一蕊,惟听五鬣涛声③,增
其凄响而已。

　　①　军持:梵语,意为瓶或罐。
　　②　三湘:指湖南的湘潭、湘乡、湘阴。　七泽:指古时楚地云梦等
湖泊。这里均泛指古代楚地,因《楚辞》中多有关于兰花的描写。
　　③　五鬣(liè):即五鬣松,风吹时其声如涛。鬣,松针。

　　姬最爱月,每以身随升沉为去住。夏纳凉小苑,与幼儿诵

唐人咏月及流萤纨扇诗①。半榻小几,恒屡移以领月之四面。午夜归阁,仍推窗延月于枕簟间。月去复卷幔倚窗而望。语余曰:"吾书谢希逸《月赋》,古人厌晨欢,乐宵宴,盖夜之时逸,月之气静,碧海青天,霜缟冰净,较赤日红尘,迥隔仙凡。人生攘攘,至夜不休,或有月未出已鼾睡者,桂华露影,无福消受。与子长历四序,娟秀浣洁,领略幽香,仙路禅关,于此静得矣。"李长吉诗云:"月漉漉,波烟玉②。"姬每诵此三字,则反覆回环,日月之精神气韵光景,尽于斯矣。人以身入波烟玉世界之下,眼如横波,气如湘烟,体如白玉,人如月矣,月复似人,是一是二,觉贾长江"倚影为三"之语尚赘③,至"淫耽"、"无厌"、"化蟾"之句,则得玩月三昧矣。

①　流萤纨扇诗:当指唐杜牧《秋夕》诗,中有"银烛秋光冷画屏,轻罗小扇扑流萤"句。

②　"李长吉"句:李长吉,唐代诗人李贺(790—816),字长吉。"月漉漉"句出自《月漉漉篇》。漉漉,晶莹明亮的样子。

③　贾长江:贾岛(779—843),唐代诗人,曾任长江主簿,世称贾长江。

姬性澹泊,于肥甘一无嗜好。每饭,以芥茶一小壶温淘,佐以水菜、香豉数茎粒,便足一餐。余饮食最少而嗜香甜及海错风薰之味,又不甚自食,每喜与宾客共赏之。姬知余意,竭其美洁,出佐盘盂,种种不可悉记。随手数则,可睹一斑也。酿饴为露,和以盐梅,凡有色香花蕊,皆于初放时采渍之。经年香味,颜色不变,红鲜如摘,而花汁融液露中,入口喷鼻,奇香异艳,非复恒有。最娇者为秋海棠露。海棠无香,此独露凝香发,又俗名断肠草,以为不食,而味美独冠诸花。次则梅英、野蔷薇、玫瑰、丹桂、甘菊之属。至橙黄、橘红、佛手、香橼,去白缕丝,色味更胜。酒后出数十种,五色浮动白瓷中,解醒消渴,金茎仙掌①,难与争衡也。取五月桃汁、西瓜汁,一穰一丝漉尽,以文火煎至七八分,始搅糖细炼,桃膏如大红琥珀,瓜膏可比金丝内糖,每酷暑,姬必手取其汁示洁,坐炉边静看火候成膏,不使焦枯,分浓淡为数种,此尤异色异味也。制豉,取色取气先于取味,豆黄九晒九洗为度,颗瓣皆剥去衣膜,种种细料,瓜杏姜桂,以及酿豉之汁,极精洁以和之。豉熟擎出,粒粒可数,而香气醋色殊味,迥与常别。红乳腐烘蒸各五六次,内肉既酥,然后削其肤,益之以味,数日成者,绝胜建宁三年之蓄②。他如冬春水盐诸菜,能使黄者如蜡,碧者如苔。蒲藕笋蕨、鲜花野菜、枸蒿、蓉菊之类,无不采入食品,芳旨盈席。火肉久者无油,有松柏之味。风鱼久者如火肉,有麂鹿之味。醉蛤如桃花,醉鲟骨如白玉,油蜝如鲟鱼,虾松如龙须,烘兔酥雉如饼饵,可以笼而食之。菌脯如鸡粽,腐汤如牛乳③。细考之食谱,四方郇厨中一种偶异④,即加访求,而又以慧巧变化为之,莫不异妙。

① 金茎仙掌:指甘露。汉武帝曾以铜仙人掌擎盘以承甘露。
② 建宁:县名,在福建三明西北部,该地制乳腐要积藏三年。
③ 腐汤:豆腐汤。
④ 郇厨:唐代韦陟袭封郇国公,精治饮食,时称"郇厨",此借指名厨。

甲申三月十九之变①，余邑清和望后②，始闻的耗③。邑之司命者甚懦④，豺虎狰狞踞城内，声言焚劫，郡中又有兴平兵四溃之警⑤。同里绅衿大户，一时鸟兽骇散，咸去江南。余家集贤里，世恂让，家君以不出门自固。阅数日，上下三十余家，仅我灶有炊烟耳。老母、荆人惧，暂避郭外，留姬侍余。姬屏内室，经纪衣物、书画、文券，各分精粗，散付诸仆婢，皆手书封识。群横日劫，杀人如草，而邻右人影落落如晨星，势难独立。只得觅小舟，奉两亲，挈家累，欲冲险从南江渡澄江北⑥。一黑夜六十里，抵泛湖洲李宅，江上已盗贼蜂起，先从间道微服送家君从靖江行⑦，夜半，家君向余曰："途行需碎金，无从办。"余向姬索之，姬出一布囊，自分许至钱许，每十两可数百小块，皆小书轻重于其上，以便仓猝随手取用。家君见之，讶且叹，谓姬何暇精细及此！

①　"甲申"句：指崇祯十七年（1644）三月十九日，李自成率领农民起义军攻克北京，崇祯帝在煤山（今北京景山）自缢，明亡。

②　清和望后：指阴历四月十五日后。

③　的耗：确讯。

④　邑：旧时县的别称。　司命：星官名，此借指地方官。

⑤　兴平兵：指南明兴平伯高杰在扬州的骚乱。

⑥　澄江：今江苏江阴。

⑦　靖江：县名，在江苏扬州东南，长江北岸。

维时诸费较平日溢十倍尚不肯行，又迟一日，以百金雇十舟，百余金募二百人护舟。甫行数里，潮落舟胶，不得上。遥望江口，大盗数百人踞六舟为犄角，守隘以俟，幸潮落，不能下逼我舟。朱宅遣有力人负浪踏水驰报曰："后岸盗截归路，不可返，护舟二百人中且多盗党。"时十舟哄动，仆从呼号垂涕。余笑指江上众人曰："余三世百口咸在舟。自先祖及余祖孙父子，六七十年来居官居里，从无负心负人之事，若今日尽死盗手，葬鱼腹，是上无苍苍，下无茫茫矣！潮忽早落，彼此舟停不相值，便是天相。尔辈无恐，即舟中敌国，不能为我害也。"

先夜拾行李登舟时，思大江连海，老母幼子，从未履此奇险，万一阻石尤①，欲随路登岸，何从觅舆辆？三鼓时以二十金付沈姓人，求雇二舆一车、夫六人。沈与众咸诧异笑之，谓："明早一帆，未午便登彼岸，何故黑夜多此难寻无益之费？"倩榜人募舆夫，观者绝倒。余必欲此二者，登舟始行，至斯时虽神气自若，然进退维谷，无从飞脱，因询出江未远果有别口登岸通泛湖洲者？舟子曰："横去半里有小路六七里，竟通彼。"余急命鼓楫至岸，所募舆车三事，恰受俯仰七人。馀行李婢妇，尽弃舟中。顷刻抵朱宅，众始叹余之夜半必欲水陆兼备之为奇中也。大盗知余中道，又朱宅联络数百人为余护发行李人口，盗虽散去，而未厌其志②，恃江上法网不到，且值无法之时，明集数百人，遣人谕余：以千金相致，否则竟围朱宅，四面举火。余复笑答曰："盗愚甚，尔不能截我于中流，乃欲从平陆数百家中火攻之，安可得哉？"然泛湖洲人，名虽相卫，亦多不轨。余倾囊召阖庄人付之，令其夜设牲酒，齐心于庄外备不虞。数百人饮酒分金，咸去他所，余即于是夜一手扶老母，一手曳荆人，两儿又小，季甫生旬日，同其母付一信仆偕行，从庄后竹园深箐中蹒跚出，维时更无能手援姬。余回顾姬曰："汝速蹴步，则尾余后，迟不及矣！"姬一人颠连趋蹶，仆行里许，始仍得昨所雇舆辆，星驰至五鼓，达城下，盗与朱宅之不轨者未知余全家已去其地也。然身脱而行囊大半散矣，姬之珍爱尽失焉。姬返舍谓余：当大难时，首急老母，次急荆人、儿子、幼弟为是。彼即颠连不及，死深箐中无憾也。午节返吾庐，衽金革与城内枭獍为伍者十旬③，至中秋，始渡江入南都④。别姬五阅月，残腊乃回，挈家随家君之督漕任⑤。去江南，嗣寄居盐官。因叹姬明大义、达权变如此，读破万卷者有是哉？

① 石尤：即石尤风，打头逆风。相传古时有一男子尤郎因不听妻子石氏劝阻，死在外出做生意途中。妻子因思念丈夫也生病而亡，临死感叹："今凡有商旅远行，当作大风，为天下妇人阻之。"后因称打头逆风为石尤风。

② 厌：满足。

③ 衽金革：隐指北人，即清军。语出《中庸》："衽金革，死而不厌，北方之强也。"

④ 南都：指南京。朱元璋和后来的福王都曾建都于此。

⑤ 督漕任：督运漕粮的官吏。漕粮，历代政府规定由水路运往京城或其他指定地点供官、军享用的粮食。

乙酉流寓盐官五月①。复值崩陷②，余骨肉不过八口，去夏江上之累，缘仆妇杂沓奔赴，动至百口，又以笨重行李四塞舟车，故不能轻身去。且来窥眮，此番决计置生死于度外，扃户不他之。乃盐官城中，自相残杀甚哄，两亲又不能安，复移郭外大白居。余独令姬率婢妇守寓，不发一人一物出城，以贻身累。即侍两亲，挈妻子流离，亦以子身往。乃事不如意，家人行李纷沓，违命而出。大兵迫檇李③，剃发之令初下，人心益皇皇。家君复先去惹山,内外莫知所措,余因与姬决:"此番溃散,不似家园,尚有左右之者,而孤身累重,与其临难舍子,不若先为之地。我有年友,信义多才,以子托之,此后如复相见,当结平生欢,否则听子自裁,毋以我为念。"姬曰:"君言善。举室皆倚君为命,复命不自君出,君堂上膝下,有百倍重于我者。乃以我牵君之臆,非徒无益,而又害之。我随君友去,苟可自全,誓当匍匐以俟君回;脱有不测,前与君纵观大海,狂澜万顷,是吾葬身处也!"方命之行,而两亲以余独割姬为憾,复携之去。自此百日,皆展转深林僻路,茅屋渔艇。或一月徙,或一日徙,或一日数徙,饥寒风雨,苦不具述,卒于马鞍山遇大兵④,杀掠奇惨,天幸得一小舟,八口飞渡,骨肉得全,而姬之惊悸瘁瘏,至矣尽矣!

① 乙酉:清顺治二年(1645),南明弘光元年。

② 崩陷:指五月南都被攻破。

③ 大兵:指清兵。 檇李:故地在今浙江嘉兴西南,后为嘉兴别称。

④ 马鞍山:在安徽东部,长江右岸,邻接江苏。

秦溪蒙难之后,仅以俯仰八口免。维时仆婢杀掠者几二十口,生平所蓄玩物及衣贝,靡子遗矣。乱稍定,匍匐入城,告急于诸友,即襆被不办。夜假荫于方坦庵年伯①。方亦窜迹初回,仅得一毡,与三兄共裹卧耳房。时当残秋,窗风四射。翌日,各乞斗米束薪于诸家,始暂迎二亲及家累返旧寓②,余则感寒,痢疟沓作矣。横白板扉为榻,去地尺许,积数破絮为卫,炉煨桑节,药缺攻补。且乱阻吴门,又传闻家难剧起③,自

重九后溃乱沉迷,迄冬至前僵死,一夜复苏,始得间关破舟,从
骨林肉莽中冒险渡江。犹不敢竟归家园,暂栖海陵。阅冬春
百五十日,病方稍痊。此百五十日,姬仅卷一破席,横陈榻边,
寒则拥抱,热则披拂,痛则抚摩。或枕其身,或卫其足,或欠伸
起伏,为之左右翼,凡病骨之所适,皆以身就之。鹿鹿永夜,无
形无声,皆存视听。汤药手口交进,下至粪秽,皆接以目鼻,细
察色味,以为忧喜。日食粗粝一餐,与吁天稽首外,惟跪立我
前,温慰曲说,以求我之破颜。余病失常性,时发暴怒,诟谇三
至,色不少忤,越五月如一日。每见姬星靥如蜡,弱骨如柴,吾
母太恭人及荆妻怜之感之,愿代假一息。姬曰:"竭我心力,以
殉夫子。夫子生而余死犹生也;脱夫子不测,余留此身于兵燹
间,将安寄托?"更忆病剧时,长夜不寐,莽风飘瓦,盐官城中,
日杀数十百人。夜半鬼声啾啸,来我破窗前,如蛩如箭。举室
饥寒之人,皆辛苦鼾睡,余背贴姬心而坐,姬以手固握余手,倾
耳静听,凄激荒惨,欷歔流涕。姬谓余曰:"我入君门整四岁,
早夜见君所为,慷慨多风义,毫发几微,不邻薄恶。凡君受过
之处,惟余知之亮之,敬君之心,实逾于爱君之身,鬼神赞叹畏
避之身也。冥漠有知,定加默祐。但人生身当此境,奇惨异
险,动静备历,苟非金石,鲜不销亡。异日幸生还,当与君敝屣
万有,逍遥物外,慎毋忘此际此语!"噫吁嘻!余何以报姬于此
生哉?姬断断非人世凡女子也!

① 方坦庵:方拱乾,桐城人,入清官少詹事。 年伯:方拱乾与冒
襄父亲冒起宗同为崇祯元年进士,故称。

② 家累:家属。

③ 家难剧起:指乙酉年(1645)十二月如皋遗民暴乱被清军镇压事。

丁亥①,谗口铄金②,太行千盘,横起人面,余胸坟五岳,长
夏郁蟠,惟早夜焚二纸告关帝君。久抱奇疾,血下数斗,肠胃
中积如石之块以千计。骤寒骤热,片时数千语,皆首尾无端,
或数昼夜不知醒。医者妄投以补,病益笃,勺水不入口者二十
余日。此番莫不谓其必死,余心则炯炯然,盖余之病不从境入
也。姬当大火铄金时,不挥汗,不驱蚊,昼夜坐药炉傍,密伺余
于枕边足畔六十昼夜。凡我意之所及与意之所未及,咸先后
之。己丑秋③,疽发于背,复如是百日。余五年危疾者三,而
所逢者皆死疾,惟余以不死待之,微姬力,恐未必能坚以不死
也。今姬先我死,而永诀时惟虑以伊死增余病,又虑余病无伊
以相待也。姬之生死为余缠绵如此,痛哉,痛哉!

① 丁亥:清顺治四年(1647)。
② 谗口铄金:指冒襄遭仇人诬诟而险被拘捕一事。
③ 己丑:清顺治六年(1649)。

余每岁元旦,必以一岁事卜一签于关帝君前。壬午名心
甚剧①,祷看签首第一字,得"忆"字,盖"忆昔兰房分半钗②,如
今忽把音信乖。痴心指望成连理,到底谁知事不谐"。余时占
玩不解,即占全词,亦非功名语。比遇姬,清和晦日,金山别
去,姬茹素归,虔卜于虎疁关帝君前,愿以终身事余,正得此
签。秋过秦淮,述以相告,恐有不谐之叹,余闻而讶之,谓与元
旦签合。时友人在坐,曰:"我当为尔二人合卜于西华门③。"
则仍此签也。姬愈疑惧,且虑余见此签中懈,忧形于面,乃后
卒满其愿。"兰房"、"半钗"、"痴心"、"连理",皆天然闺阁中

语,"到底"、"不谐",则今日验矣。嗟呼! 余有生之年,皆长相忆之年也。"忆"字之奇,呈验若此。

① 壬午:崇祯十五年(1642)。

② "忆昔"句:化用白居易《长恨歌》"钗留一股合一扇,钗擘黄金合分钿"诗意。

③ 西华门:南京本六朝故都,梁改千秋门为西华门,为南京八城门之一,所卜处当在西华门附近。

　　姬之衣饰,尽失于患难,归来澹足,不置一物。戊子七夕①,看天上流霞,忽欲以黄跳脱摹之②,命余书"乞巧"二字,无以属对,姬云:"曩于黄山巨室,见覆祥云真宣炉,款式佳绝,请以'覆祥'对'乞巧'。"镌摹颇妙。越一岁,钏忽中断,复为之,恰七月也,余易书"比翼"、"连理"。姬临终时,自顶至踵,不用一金珠纨绮,独留跳脱不去手,以余勒书故。长生私语,乃太真死后,凭洪都客述寄明皇者③,当日何以率书,竟令《长恨》再谱也。

① 戊子:清顺治五年(1648)。

② 黄跳脱:金镯子。

③ 洪都客:唐代白居易《长恨歌》中为杨玉环招魂的方士。

　　姬书法秀媚,学钟太傅稍瘦,后又学《曹娥》。余每有丹黄①,必对泓颖②,或静夜焚香,细细手录。闺中诗史成帙,皆遗迹也。小有吟咏,多不自存。客岁新春二日③,即为余抄写全唐五七言绝句上下二卷,是日偶读七岁女子"所嗟人异雁,不作一行归"之句,为之凄然下泪。至夜和成八绝,哀声怨响,不堪卒读。余挑灯一见,大为不怿,即夺之焚去,遂失其稿,伤哉,异哉! 今岁恰以是日长逝也。

① 丹黄:指冒襄校书时。

② 泓颖:砚与笔。

③ 客岁:指丙戌年,即清顺治三年(1646)。

客春三月①,欲重去盐官,访患难相恤诸友。至邗上②,为同社所淹。时余正四十,诸名流咸为赋诗,龚奉常独谱姬始末③,成数千言,《帝京篇》、《连昌宫》不足比拟④。奉常云:"子不自注,则余苦心不见。如'桃花瘦尽春醒面'七字,绾合己卯醉晤、壬午病晤两番光景,谁则知者?"余时应之,未即下笔。他如园次之"自昔文人称孝子,果然名士悦倾城"⑤,于皇之"大妇同行小妇尾"⑥,孝威之"人在树间殊有意,妇来花下却能文"⑦,心甫之"珊瑚架笔香印屜,著富名山金屋尊",仙期之"锦瑟蛾眉随分老,芙蓉园上万花红",仲谋之"君今四十能高举,羡尔鸿妻佐春杵"⑧,吾邑徂徕先生"韬藏经济一巢朴,游戏莺花两阁和",元旦之"蛾眉问难佐书帱",皆为余庆得姬,讵谓我侑卮之辞,乃姬誓墓之状耶? 读余此杂述,当知诸公之诗之妙,而去春不注奉常诗,盖至迟之今日,当以血泪和隃糜也⑨。

①　春:指庚寅年(即清顺治七年,1650)春天。

②　邗上:邗江,县名,在江苏扬州市郊。

③　"龚奉常"句:指龚鼎孳曾作《金闺行为辟疆赋》诗,共 728 字。

④　《帝京篇》:唐骆宾王所作长篇歌行。　《连昌宫》:唐代元稹所作《连昌宫词》,古代长篇叙事诗。

⑤　园次:吴绮,桐城人。

⑥　于皇:杜浚,黄冈人。

⑦　孝威:邓汉仪,泰州人。

⑧　仲谋:彭孙贻,海盐人。

⑨　隃糜:古县名,治所在今陕西千阳东,以产墨著名,后世因以为墨的代称。

　　三月之杪,余复移寓友沂友云轩①。久客卧雨,怀家正剧。晚霁,龚奉常偕于皇、园次过慰留饮,听小奚管弦度曲②。时余归思更切,因限韵各作诗四首。不知何故,诗中咸有商音③。三鼓别去,余甫著枕,便梦还家,举室皆见,独不见姬。急询荆人,不答,复遍觅之,但见荆人背余下泪。余梦中大呼曰:"岂死耶?"一恸而醒。姬每春必抱病,余深疑虑。旋归,则姬固无恙,因间述此相告。姬曰:"甚异。前亦于是夜梦数人强余去,匿之幸脱,其人尚狺狺不休也。"讵知梦真而诗谶咸来先告哉!

①　友沂:赵开心之子,名而汴。

②　小奚:小僮,童伶。

③　商音:萧瑟凄切之音。

浮◇生◇六◇记

[清] 沈 复

卷一　闺房记乐

　　余生乾隆癸未冬十一月二十有二日[1]，正值太平盛世，且在衣冠之家，居苏州沧浪亭畔[2]，天之厚我，可谓至矣。东坡云："事如春梦了无痕"，苟不记之笔墨，未免有辜彼苍之厚。因思《关雎》冠三百篇之首，故列夫妇于首卷，余以次递及焉。所愧少年失学，稍识之无[3]，不过记其实情实事而已。若必考订其文法，是责明于垢鉴矣[4]。

　　① 癸未：指乾隆二十八年（1763）。
　　② 沧浪亭：苏州名亭之一。本为五代吴越广陵王的花园，后为宋代苏舜钦所得。舜钦在园内筑沧浪亭，后因以亭名园。
　　③ 稍识之无：稍稍识字。
　　④ 鉴：指镜子。

　　余幼聘金沙于氏[1]，八龄而夭；娶陈氏。陈名芸，字淑珍，舅氏心余先生女也。生而颖慧，学语时，口授《琵琶行》，即能成诵。四龄失怙[2]。母金氏，弟克昌，家徒壁立。芸既长，娴女红，三口仰其十指供给，克昌从师，脩脯无缺[3]。一日，于书簏中得《琵琶行》，挨字而认，始识字。刺绣之暇，渐通吟咏，有"秋侵人影瘦，霜染菊花肥"之句。余年十三，随母归宁，两小无嫌，得见所作。虽叹其才思隽秀，窃恐其福泽不深，然心注不能释,告母曰:"若为儿择妇,非淑姊不娶。"母亦爱其柔和,即脱金约指缔姻焉;此乾隆乙未七月十六日也④。是年冬,值其堂姊出阁,余又随母往。芸与余同齿而长余十月,自幼姊弟相呼,故仍呼之曰淑姊。时但见满室鲜衣,芸独通体素淡,仅新其鞋而已。见其绣制精巧,询为己作,始知其慧心不仅在笔墨也。其形削肩长项,瘦不露骨,眉弯目秀,顾盼神飞,唯两齿微露,似非佳相。一种缠绵之态,令人之意也消。索观诗稿,有仅一联,或三四句,多未成篇者。询其故,笑曰:"无师之作,愿得知己堪师者敲成之耳。"余戏题其签曰"锦囊佳句",不知夭寿之机此已伏矣⑤。是夜送亲城外,返已漏三下,腹饥索饵,婢妪以枣脯进,余嫌其甜。芸暗牵余袖,随至其室,见藏有暖粥并小菜焉。余欣然举箸,忽闻芸堂兄玉衡呼曰:"淑妹速来!"芸急闭门曰:"已疲乏,将卧矣。"玉衡挤身而入,见余将吃粥,乃笑睨芸曰:"顷我索粥,汝曰'尽矣',乃藏此专待汝婿耶?"芸大窘避去,上下哗笑之。余亦负气,挈老仆先归。

① 金沙:或称金沙场,清代设盐课使驻此,即今江苏南通。
② 失怙:丧父。
③ 脩脯:给老师的教费。
④ 乙未:乾隆四十年(1775)。
⑤ "余戏题"两句:当用唐代诗人李贺"锦囊佳句"典。相传李贺出行,常背一破古锦囊,途中得佳句即书投囊中,暮归整理成篇。李贺死时,年仅二十七岁。

自吃粥被嘲,再往,芸即避匿,余知其恐贻人笑也。至乾隆庚子正月二十二日花烛之夕①,见瘦怯身材依然如昔,头巾既揭,相视嫣然。合卺后,并肩夜膳,余暗于案下握其腕,暖尖滑腻,胸中不觉怦怦作跳。让之食,适逢斋期②,已数年矣。暗计吃斋之初,正余出痘之期,因笑谓曰:"今我光鲜无恙,姊可从此开戒否?"芸笑之以目,点之以首。廿四日为余姊于归,廿三国忌不能作乐③,故廿二之夜即为余姊款嫁,芸出堂陪宴。余在洞房与伴娘对酌,拇战辄北④,大醉而卧;醒则芸正晓妆未竟也。是日亲朋络绎,上灯后始作乐。廿四子正⑤,余作新舅送嫁,丑末归来⑥,业已灯残人静。悄然入室,伴妪盹于床下,芸卸妆尚未卧,高烧银烛,低垂粉颈,不知观何书而出神若此。因抚其肩曰:"姊连日辛苦,何犹孜孜不倦耶?"芸忙回首起立曰:"顷正欲卧,开橱得此书,不觉阅之忘倦。《西厢》之名闻之熟矣,今始得见,真不愧才子之名⑦,但未免形容尖薄耳。"余笑曰:"唯其才子,笔墨方能尖薄。"伴妪在旁促卧,令其闭门先去。遂与比肩调笑,恍同密友重逢,戏探其怀,亦怦怦作跳,因俯其耳曰:"姊何心春乃尔耶?"芸回眸微笑,便觉一缕情丝摇人魂魄。拥之入帐,不知东方之既白。

① 庚子:乾隆四十五年(1780)。
② 斋期:固定的吃素日。
③ 国忌:皇帝或皇后的丧期。
④ 拇战:猜拳。 北:输。
⑤ 子正:夜里十二点。
⑥ 丑末:凌晨三点。
⑦ 真不愧才子之名:金圣叹以《西厢记》为第六才子书。

芸作新妇,初甚缄默,终日无怒容,与之言,微笑而已。事上以敬,处下以和,井井然未尝稍失。每见朝暾上窗,即披衣急起,如有人呼促者然。余笑曰:"今非吃粥比矣,何尚畏人嘲耶?"芸曰:"曩之藏粥待君,传为话柄。今非畏嘲,恐堂上道新娘懒惰耳。"余虽恋其卧而德其正,因亦随之早起。自此耳鬓相磨,亲同形影,爱恋之情有不可以言语形容者。而欢娱易过,转睫弥月。时吾父稼夫公在会稽幕府①,专役相迓,受业于武林赵省斋先生门下②。先生循循善诱,余今日之尚能握管,先生力也。归来完姻时,原订随侍到馆;闻信之馀,心甚怅然,恐芸之对人堕泪,而芸反强颜劝勉,代整行装,是晚但觉神色稍异而已。临行,向余小语曰:"无人调护,自去经心!"及登舟解缆,正当桃李争妍之候,而余则恍同林鸟失群,天地异色。到馆后,吾父即渡江东去。居三月,如十年之隔。芸虽时有书来,必两问一答,半多勉励词,余皆浮套语,心殊怏怏。每当风生竹院,月上蕉窗,对景怀人,梦魂颠倒。先生知其情,即致书吾父,出十题而遣余暂归,喜同戍人得赦。登舟后,反觉一刻如年。及抵家,吾母处问安毕,入房,芸起相迎,握手未通片语,而两人魂魄恍恍然化烟成雾,觉耳中惺然一响,不知更有此身矣。时当六月,内室炎蒸,幸居沧浪亭爱莲居西间壁,板桥内一轩临流,名曰"我取",取"清斯濯缨,浊斯濯足"意也③。檐前老树一株,浓阴覆窗,人面俱绿,隔岸游人往来不绝,此吾父稼夫公垂帘宴客处也。禀命吾母,携芸消夏于此,因暑罢绣,终日伴余课书论古、品月评花而已。芸不善饮,强之可三杯,教以射覆为令④。自以为人间之乐,无过于此矣。

---

① 会稽:今浙江绍兴。　幕府:原指地方军政官府署,此指作幕僚。

② 武林：杭州别称，因武林山得名。

③ "清斯濯缨，浊斯濯足"：语出《孟子·离娄》："沧浪之水清兮，可以濯我缨；沧浪之水浊兮，可以濯我足。"此有委命任运、自得其乐之意。

④ 射覆：酒令的一种，有如猜谜。设谜称覆者，猜谜称射者，覆者以古诗、旧典为据，说一字，隐寓另一字；射者猜中则胜。

　　一日，芸问曰："各种古文，宗何为是？"余曰："《国策》、《南华》取其灵快①，匡衡、刘向取其雅健②，史迁、班固取其博大③，昌黎取其浑④，柳州取其峭⑤，庐陵取其宕⑥，三苏取其辩⑦。他若贾、董策对⑧，庾、徐骈体⑨，陆贽奏议⑩，取资者不能尽举，在人之慧心领会耳。"芸曰："古文全在识高气雄，女子学之恐难入彀⑪。唯诗之一道，妾稍有领悟耳。"余曰："唐以诗取士，而诗之宗匠必推李、杜。卿爱宗何人？"芸发议曰："杜诗锤炼精纯，李诗潇洒落拓；与其学杜之森严，不如学李之活泼。"余曰："工部为诗家之大成，学者多宗之，卿独取李，何也？"芸曰："格律谨严，词旨老当，诚杜所独擅；但李诗宛如姑射仙子⑫，有一种落花流水之趣，令人可爱。非杜亚于李，不过妾之私心宗杜心浅，爱李心深。"余笑曰："初不料陈淑珍乃李青莲知己。"芸笑曰："妾尚有启蒙师白乐天先生⑬，时感于怀未尝稍释。"余曰："何谓也？"芸曰："彼非作《琵琶行》者耶？"余笑曰："异哉！李太白是知己，白乐天是启蒙师，余适字三白，为卿婿，卿与'白'字何其有缘耶？"芸笑曰："白字有缘，将来恐白字连篇耳。"（吴音呼别字为白字）。相与大笑。余曰："卿既知诗，亦当知赋之弃取。"芸曰："《楚辞》为赋之祖，妾学浅费解。就汉、晋人中调高语炼，似觉相如为最⑭。"余戏曰：

"当日文君之从长卿⑮,或不在琴而在此乎?"复相与大笑而罢。

① 《国策》:《战国策》。 《南华》:《南华经》,指《庄子》。

② 匡衡:西汉经学家,能文学,善说《诗》。 刘向:西汉经学家、目录学家、文学家。

③ 史迁:指司马迁,西汉史学家、文学家,著《史记》。 班固:东汉史学家、文学家,修《汉书》。

④ 昌黎:指韩愈,唐代著名文学家,河南河阳人,昌黎是郡望,世称韩昌黎。

⑤ 柳州:指柳宗元,唐代著名文学家,河东解人,因贬官柳州而卒,世称柳柳州。

⑥ 庐陵:指欧阳修,宋代著名文学家,庐陵人。

⑦ 三苏:指苏洵及其子苏轼、苏辙,皆为宋代著名文学家。

⑧ 贾:贾谊,西汉政论家、文学家。 董:董仲舒,西汉儒学大师。

⑨ 庾:庾信,南朝文学家。 徐:徐陵,南朝文学家,与庾信齐名,时称徐庾体。

⑩ 陆贽:唐大历进士,德宗召为翰林学士,曾作奏议数十篇。

⑪ 入彀:入神。

⑫ 姑射仙子:《庄子·逍遥游》中的仙女。

⑬ 白乐天:即白居易,字乐天,晚年号香山居士,唐代著名诗人。

⑭ 相如:司马相如,字长卿,西汉辞赋家。

⑮ 文君之从长卿:文君,卓文君,西汉临邛富商卓王孙之女,相传她为司马相如(字长卿)琴声所动,两人相爱而私奔。

余性爽直,落拓不羁,芸若腐儒,迂拘多礼,偶为披衣整袖,必连声道"得罪!"或递巾授扇,必起身来接。余始厌之,曰:"卿欲以礼缚我耶?语曰:'礼多必诈。'"芸两颊发赤,曰:"恭而有礼,何反言诈?"余曰:"恭敬在心,不在虚文。"芸曰:"至亲莫如父母,可内敬在心而外肆狂放耶?"余曰:"前言戏之耳。"芸曰:"世间反目多由戏起,后勿冤妾令人郁死!"余乃挽之入怀,抚慰之,始解颜为笑。自此"岂敢""得罪"竟成语助词矣。鸿案相庄廿有三年①,年愈久而情愈密。家庭之内,或暗室相逢,窄途邂逅,必握手问曰:"何处去?"私心忐忑,如恐旁人见之者。实则同行并坐,初犹避人,久则不以为意。芸或与人坐谈,见余至,必起立偏挪其身,余就而并焉。彼此皆不觉其所以然者,始以为惭,继成不期然而然。独怪老年夫妇相视如仇者,不知何意?或曰:"非如是,焉得白头偕老哉!"斯言诚然欤?

① 鸿案相庄:谓夫妻之间相敬相爱。相传东汉梁鸿隐居避难时,每次回家吃饭,其妻孟光都要将食案举到齐眉处,以示恭敬。

是年七夕,芸设香烛瓜果,同拜天孙于我取轩中①。余镌"愿生生世世为夫妇"图章二方;余执朱文,芸执白文,以为往来书信之用。是夜月色颇佳,俯视河中,波光如练,轻罗小扇,并坐水窗,仰见飞云过天,变态万状。芸曰:"宇宙之大,同此一月,不知今日世间,亦有如我两人之情兴否?"余曰:"纳凉玩月,到处有之。若品论云霞,或求之幽闺绣闼,慧心默证者固亦不少;若夫妇同观,所品论者恐不在此云霞耳。"未几烛烬月沉,撤果归卧。

① 天孙:织女星,相传织女是天帝的孙女。

七月望①,俗谓之鬼节。芸备小酌拟邀月畅饮,夜忽阴云如晦。芸愀然曰:"妾能与君白头偕老,月轮当出。"余亦索然。但见隔岸萤光明灭万点,梳织于柳堤蓼渚间。余与芸联句以遣闷怀,而两韵之后,逾联逾纵,想入非夷,随口乱道。芸已漱涎涕泪,笑倒余怀,不能成声矣。觉其鬓边茉莉浓香扑鼻,因拍其背,以他词解之曰:"想古人以茉莉形色如珠,故供助妆压鬓,不知此花必沾油头粉面之气,其香更可爱。所供佛手,当退三舍矣。"芸乃止笑曰:"佛手乃香中君子,只在有意无意间;茉莉是香中小人,故须借人之势,其香也如胁肩谄笑。"余曰:"卿何远君子而近小人?"芸曰:"我笑君子爱小人耳。"正话间,漏已三滴,渐见风扫云开,一轮涌出,乃大喜。倚窗对酌,酒未三杯,忽闻桥下哄然一声,如有人堕,就窗细瞩,波明如镜,不见一物,惟闻河滩有只鸭急奔声。余知沧浪亭畔素有溺鬼,恐芸胆怯,未敢即言。芸曰:"噫! 此声也,胡为乎来哉?"不禁毛骨皆栗,急闭窗,携酒归房。一灯如豆,罗帐低垂,弓影杯蛇②,惊神未定。剔灯入帐,芸已寒热大作,余亦继之,困顿两旬,真所谓乐极灾生,亦是白头不终之兆。

① 七月望:七月十五日,旧时称中元节。
② 弓影杯蛇:亦作"杯弓蛇影"。相传有人在喝酒时,挂在墙上的弓影映入酒杯,便疑心是蛇,并因此生病。后因以形容疑神疑鬼,盲目惊慌。

中秋日，余病初愈，以芸半年新妇，未尝一至间壁之沧浪亭，先令老仆约守者勿放闲人。于将晚时，偕芸及余幼妹，一妪一婢扶焉。老仆前导，过石桥，进门，折东曲径而入，叠石成山，林木葱翠。亭在土山之巅，循级至亭心，周望极目可数里，炊烟四起，晚霞烂然。隔岸名"近山林"，为大宪行台宴集之地①，时正谊书院犹未启也。携一毯设亭中，席地环坐，守者烹茶以进。少焉，一轮明月已上林梢，渐觉风生袖底，月到波心，俗虑尘怀，爽然顿释。芸曰："今日之游乐矣！若驾一叶扁舟，往来亭下，不更快哉！"时已上灯，忆及七月十五夜之惊，相扶下亭而归。吴俗，妇女是晚不拘大家小户皆出，结队而游，名曰"走月亮"。沧浪亭幽雅清旷，反无一人至者。

①　大宪行台：巡抚出巡时的驻所。

吾父稼夫公喜认义子，以故余异姓弟兄有二十六人；吾母亦有义女九人。九人中王二姑、俞六姑与芸最和好。王痴憨善饮，俞豪爽善谈。每集，必逐余居外，而得三女同榻：此俞六姑一人计也。余笑曰："俟妹于归后，我当邀妹丈来，一住必十日。"俞曰："我亦来此，与嫂同榻，不大妙耶？"芸与王微笑而已。时为吾弟启堂娶妇，迁居饮马桥之仓米巷，屋虽宏畅，非复沧浪亭之幽雅矣。吾母诞辰演剧，芸初以为奇观。吾父素无忌讳，点演《惨别》等剧①，老伶刻画，见者情动。余窥帘见芸忽起去，良久不出，入内探之。俞与王亦继至。见芸一人支颐独坐镜奁之侧。余曰："何不快乃尔？"芸曰："观剧原以陶情，今日之戏，徒令人肠断耳。"俞与王皆笑之。余曰："此深于情者也。"俞曰:"嫂将竟日独坐于此耶?"芸曰:"俟有可观者再往耳。"王闻言先出,请吾母点《刺梁》、《后索》等剧②,劝芸出观,始称快。

① 《惨别》:演明初建文帝因城破出走故事,亦作《惨睹》。
② 《刺梁》:为清代戏曲家朱佐朝所作传奇《渔家乐》中的一出。
《后索》:为清代戏曲家姚子懿所作传奇《后寻亲记》中的一出。

余堂伯父素存公早亡,无后,吾父以余嗣焉。墓在西跨塘福寿山祖茔之侧,每年春日必挈芸拜扫。王二姑闻其地有戈园之胜,请同往。芸见地下小乱石有苔纹,斑驳可观,指示余曰:"以此叠盆山,较宣州白石为古致①。"余曰:"若此者恐难多得。"王曰:"嫂果爱此,我为拾之。"即向守坟者借麻袋一,鹤步而拾之。每得一块,余曰"善",即收之;余曰"否",即去之。未几,粉汗盈盈,拽袋返曰:"再拾则力不胜矣。"芸且拣且言曰:"我闻山果收获,必借猴力,果然!"王愤撮十指作哈痒状,余横阻之,责芸曰:"人劳汝逸,犹作此语,无怪妹之动愤也。"归途游戈园,稚绿娇红,争妍竞媚。王素憨,逢花必折。芸叱曰:"既无瓶养,又不簪戴,多折何为!"王曰:"不知痛痒者何害?"余笑曰:"将来罚嫁麻面多须郎,为花泄忿。"王怒余以目,掷花于地,以莲钩拨入池中②,曰:"何欺侮我之甚也!"芸笑解之而罢。

① 宣州:今安徽宣城。
② 莲钩:指旧时妇女的小脚。

　　芸初缄默，喜听余议论，余调其言，如蟋蟀之用纤草，渐能发议。其每日饭必用茶泡，喜用茶泡食芥卤乳腐，吴俗呼为臭乳腐；又喜食虾卤爪。此二物余生平所最恶者，因戏之曰："狗无胃而食粪，以其不知臭秽；蜣螂团粪而化蝉，以其欲修高举也。卿其狗耶？蝉耶？"芸曰："腐取其价廉而可粥可饭，幼时食惯。今至君家已如蜣螂化蝉，犹喜食之者，不忘本也。至卤瓜之味，到此初尝耳。"余曰："然则我家系狗窦耶？"芸窘而强解曰："夫粪，人家皆有之，要在食与不食之别耳。然君喜食蒜，妾亦强啖之。腐不敢强，瓜可掩鼻略尝，入咽当知其美；此犹无盐貌丑而德美也①。"余笑曰："卿陷我作狗耶？"芸曰："妾作狗久矣，屈君试尝之。"以箸强塞余口，余掩鼻咀嚼之，似觉脆美，开鼻再嚼，竟成异味。从此亦喜食。芸以麻油加白糖少许拌卤腐，亦鲜美。以卤瓜捣烂拌卤腐，名之曰双鲜酱，有异味。余曰："始恶而终好之，理之不可解也。"芸曰："情之所钟，虽丑不嫌。"

　　①　无盐：相传为战国时人，姓钟离名春，因系齐国无盐邑人而得名，貌丑而有德，齐宣王立为王后。

　　余启堂弟妇，王虚舟先生孙女也。催妆时偶缺珠花①，芸出其纳采所受者呈吾母②，婢妪旁惜之。芸曰："凡为妇人，已属纯阴，珠乃纯阴之精，用为首饰，阳气全克矣，何贵焉？"而于破书残画，反极珍惜。书之残缺不全者，必搜集分门，汇订成帙，统名之曰"断简残编"；字画之破损者，必觅故纸粘补成幅，有破缺处，倩予全好而卷之，名曰"弃余集赏"。于女红中馈之暇,终日琐琐不惮烦倦。芸于破笥烂卷中,偶获片纸可观者,如得异宝。旧邻冯妪每收乱卷卖之。其癖好与余同,且能察眼意,懂眉语,一举一动,示之以色,无不头头是道。余尝曰:"惜卿雌而伏,苟能化女为男,相与访名山,搜胜迹,遨游天下,不亦快哉!"芸曰:"此何难。俟妾鬓斑之后,虽不能远游五岳,而近地之虎阜、灵岩③,南至西湖,北至平山④,尽可借游。"余曰:"恐卿鬓斑之日步履已艰。"芸曰:"今世不能,期以来世。"余曰:"来世卿当作男,我为女子相从。"芸曰:"必得不昧今生,方觉有情趣。"余笑曰:"幼时一粥犹谈不了;若来世不昧今生,合卺之夕,细谈隔世,更无合眼时矣。"芸曰:"世传月下老人专司人间婚姻事,今生夫妇已承牵合,来世姻缘亦须仰借神力,盍绘一像祀之?"时有苕溪戚柳堤名遵⑤,善写人物,倩绘一像,一手挽红丝,一手携杖悬姻缘簿,童颜鹤发,奔驰于非烟非雾中;此戚君得意笔也。友人石琢堂为题赞语于首⑥,悬之内室。每逢朔望,余夫妇必焚香拜祷。后因家庭多故,此画竟失所在,不知落在谁家矣?"他生未卜此生休"⑦,两人痴情,果邀神鉴耶?

　　①　催妆:旧时婚礼的一种仪式。即行正婚礼之前,男方向女家赠送新娘用品。

　　②　纳采:古代婚礼之一,相当于现代的定婚礼。

　　③　虎阜:即苏州虎丘。春秋末期,吴王夫差葬其父阖闾于此,相传葬后三日有白虎踞其上,故名。　灵岩:灵岩山,在今江苏吴县木渎镇附近,山上有奇石状似灵芝,故名。

　　④　平山:在扬州市。

　　⑤　苕溪:今浙江吴兴。

　　⑥　石琢堂:石韫玉(1756—1837),字执如,号琢堂,江苏吴县人。

乾隆庚戌(1790)进士,仕至山东按察使。

　　⑦　"他生"句:语出唐代李商隐《马嵬》诗。

　　迁仓米巷,余颜其卧楼曰"宾香阁",盖以芸名而取如宾意也。院窄墙高,一无可取。后有厢楼,通藏书处,开窗对陆氏废园,但有荒凉之象。沧浪风景,时切芸怀。有老妪居金母桥之东,埂巷之北。绕屋皆菜圃,编篱为门。门外有池约亩许,花光树影,错杂篱边。其地即元末张士诚王府废基也①。屋西数武,瓦砾堆成土山,登其巅可远眺,地旷人稀,颇饶野趣。妪偶言及,芸神往不置,谓余曰:"自别沧浪,梦魂常绕,今不得已而思其次,其老妪之居乎?"余曰:"连朝秋暑灼人,正思得一清凉地以消长昼。卿若愿往,我先观其家可居,即襥被而往,作一月盘桓何如?"芸曰:"恐堂上不许。"余曰:"我自请之。"越日至其地,屋仅二间,前后隔而为四,纸窗竹榻,颇有幽趣。老妪知余意,欣然出其卧室为赁,四壁糊以白纸,顿觉改观。于是禀知吾母,挈芸居焉。邻仅老夫妇二人,灌园为业,知余夫妇避暑于此,先来通殷勤,并钓池鱼、摘园蔬为馈。偿其价不受,芸作鞋报之,始谢而受。时方七月,绿树阴浓,水面风来,蝉鸣聒耳。邻老又为制鱼竿,与芸垂钓于柳阴深处。日落时登土山观晚霞夕照,随意联吟,有"兽云吞落日,弓月弹流星"之句。少焉,月印池中,虫声四起,设竹榻于篱下。老妪报酒温饭熟,遂就月光对酌,微醺而饭。浴罢,则凉鞋蕉扇,或坐或卧,听邻老谈因果报应事。三鼓归卧,周体清凉,几不知身居城市矣。篱边倩邻老购菊,遍植之。九月花开,又与芸居十日。吾母亦欣然来观,持螯对菊,赏玩竟日。芸喜曰:"他年当与君卜筑于此,买绕屋菜园十亩,课仆妪,植瓜蔬,以供薪水。君画我绣,以为诗酒之需。布衣菜饭,可乐终身,不必作远游计也。"余深然之。今即得有境地,而知己沦亡,可胜浩叹!

① 张士诚:元末泰州人,曾起兵反元,自称诚王。后降元,为明将所俘,自缢死。

离余家半里许,醋库巷有洞庭君祠①,俗呼水仙庙,回廊曲折,小有园亭。每逢神诞②,众姓各认一落,密悬一式之玻璃灯,中设宝座,旁列瓶几,插花陈设以较胜负。日惟演戏,夜则参差高下插烛于瓶花间,名曰"花照"。花光灯影,宝鼎香浮,若龙宫夜宴。司事者或笙箫歌唱,或煮茗清谈,观者如蚁集,檐下皆设栏为限。余为众友邀去,插花布置,因得躬逢其盛。归家向芸艳称之。芸曰:"惜妾非男子,不能往。"余曰:"冠我冠,衣我衣,亦化女为男之法也。"于是易髻为辫,添扫蛾眉,加余冠,微露两鬓,尚可掩饰,服余衣长一寸又半,于腰间折而缝之,外加马褂。芸曰:"脚下将奈何?"余曰:"坊间有蝴蝶履,小大由之,购亦极易,且早晚可代撒鞋之用,不亦善乎?"芸欣然,及晚餐后,装束既毕,效男子拱手阔步者良久。忽变卦曰:"妾不去矣。为人识出既不便,堂上闻之又不可。"余怂恿曰:"庙中司事者谁不知我,即识出亦不过付之一笑耳。吾母现在九妹丈家,密去密来,焉得知之?"芸揽镜自照,狂笑不已。余强挽之,悄然迳去。遍游庙中,无识出为女子者,或问何人,以表弟对,拱手而已。最后至一处,有少妇幼女坐于所设宝座后,乃杨姓司事者之眷属也。芸忽趋彼通款曲,身一侧，而不觉一按少妇之肩。旁有婢媪怒而起曰："何物狂生，不法乃尔！"余欲为措词掩饰。芸见势恶，即脱帽翘足示之曰："我亦女子耳。"相与愕然，转怒为欢。留茶点，唤肩舆送归。

①　洞庭君祠：祭祀太湖神的祠庙。洞庭，太湖别称。
②　神诞：指太湖神的诞辰。

　　吴江钱师竹病故，吾父信归①，命余往吊。芸私谓余曰："吴江必经太湖，妾欲偕往一宽眼界。"余曰："正虑独行踽踽，得卿同行固妙，但无可托词耳。"芸曰："托言归宁。君先登舟，妾当继至。"余曰："若然，归途当泊舟万年桥下，与卿待月乘凉，以续沧浪韵事。"时六月十八日也。是日早凉，携一仆先至胥江渡口②，登舟而待。芸果肩舆至，解维出虎啸桥，渐见风帆沙鸟，水天一色。芸曰："此即所谓太湖耶？今得见天地之宽，不虚此生矣。想闺中人有终身不能见此者。"闲话未几，风摇岸柳，已抵江城。余登岸拜奠毕，归视舟中洞然，急询舟子。舟子指曰："不见长桥柳阴下，观鱼鹰捕鱼者乎？"盖芸已与船家女登岸矣。余至其后，芸犹粉汗盈盈，倚女而出神焉。余拍其肩曰："罗衫汗透矣！"芸回首曰："恐钱家有人到舟，故暂避之。君何回来之速也？"余笑曰："欲捕逃耳。"于是相挽登舟，返棹至万年桥下，阳乌犹未落也。舟窗尽落，清风徐来，纨扇罗衫，剖瓜解暑。少焉，霞映桥红，烟笼柳暗，银蟾欲上，渔火满江矣。命仆至船梢与舟子同饮。船家女名素云，与余有杯酒交，人颇不俗。招之与芸同坐。船头不张灯火，待月快酌，射覆为令。素云双目闪闪，听良久，曰："筋政侬颇娴习③，从未闻有斯令，愿受教。"芸即譬其言而开导之，终茫然。余笑曰："女先生且罢论。我有一言作譬，即了然矣。"芸曰："君若何譬之？"余曰："鹤善舞而不能耕，牛善耕而不能舞，物性然也。先生欲反而教之，无乃劳乎？"素云笑捶余肩曰："汝骂我耶？"芸出令曰："只许动口，不许动手！违者罚大觥。"素云量豪，满斟一觥，一吸而尽。余曰："动手但准摸索，不准捶人。"芸笑挽素云置余怀，曰："请君摸索畅怀。"余笑曰："卿非解人，摸索在有意无意间耳。拥而狂探，田舍郎之所为也。"时四鬟所簪茉莉，为酒气所蒸，杂以粉汗油香，芳馨透鼻。余戏曰："小人臭味充满船头，令人作恶。"素云不禁握拳连捶曰："谁教汝狂嗅耶？"芸呼曰："违令罚两大觥。"素云曰："彼又以小人骂我，不应捶耶？"芸曰："彼之所谓小人，盖有故也。请干此，当告汝。"素云乃连尽两觥。芸乃告以沧浪旧居乘凉事。素云曰："若然，真错怪矣。当再罚。"又干一觥。芸曰："久闻素娘善歌，可一聆妙音否？"素即以象箸击小碟而歌。芸欣然畅饮，不觉酩酊，乃乘舆先归。余又与素云茶话片刻，步月而回。时余寄居友人鲁半舫家萧爽楼中。越数日，鲁夫人误有所闻，私告芸曰："前日闻若婿挟两妓饮于万年桥舟中，子知之否？"芸曰："有之，其一即我也。"因以偕游始末详告之。鲁大笑，释然而去。

① 信归：闻讯而归。

② 胥江：在苏州西南，相传因伍子胥而得名。

③ 觞政：酒令。 侬：吴人自称之词。

乾隆甲寅七月①,余自粤东归,有同伴携妾回者,曰徐秀峰,余之表妹婿也,艳称新人之美,邀芸往观。芸他日谓秀峰曰:"美则美矣,韵犹未也。"秀峰曰:"然则若郎纳妾,必美而韵者乎?"芸曰:"然。"从此痴心物色,而短于资。时有浙妓温冷香者,寓于吴,有《咏柳絮》四律,沸传吴下,好事者多和之。余友吴江张闲憨素赏冷香,携《柳絮》诗索和,芸微其人而置之。余技痒而和其韵②,中有"触我春愁偏婉转,撩他离绪更缠绵"之句,芸甚击节③。

① 甲寅:乾隆五十九年(1794)。
② 技痒:急欲有所表现。
③ 击节:激赏。

明年乙卯秋八月五日①,吾母将挈芸游虎丘。闲憨忽至,曰:"余亦有虎丘之游。今日特邀君作探花使者。"因请吾母先行,期于虎丘半塘相晤。拉余至冷香寓,见冷香已半老;有女名憨园,瓜期未破,亭亭玉立,真"一泓秋水照人寒"者也②。款接间,颇知文墨。有妹文园尚雏。余此时初无痴想,且念一杯之叙非寒士所能酬,而既入个中,私心忐忑,强为酬答。因私谓闲憨曰:"余贫士也,子以尤物玩我乎③?"闲憨笑曰:"非也。今日有友人邀憨园答我,席主为尊客拉去,我代客转邀客,毋烦他虑也。"余始释然。至半塘,两舟相遇,令憨园过舟叩见吾母。芸、憨相见,欢同旧识,携手登山,备览名胜。芸独爱千顷云高旷,坐赏良久。返至野芳滨,畅饮甚欢,并舟而泊。及解维,芸谓余曰:"子陪张君,留憨陪妾可乎?"余诺之。

返棹至都亭桥,始过船分袂,归家已三鼓。芸曰:"今日得见美而韵者矣。顷已约憨园明日过我,当为子图之。"余骇曰:"此非金屋不能贮,穷措大岂敢生此妄想哉④? 况我两人伉俪正笃⑤,何必外求?"芸笑曰:"我自爱之,子姑待之。"明午憨果至。芸殷勤款接,筵中以猜枚赢吟输饮为令,终席无一罗致语。及憨园归,芸曰:"顷又与密约,十八日来此结为姊妹,子宜备牲牢以待。"笑指臂上翡翠钏曰:"若见此钏属于憨,事必谐矣,顷已吐意,未深结其心也。"余姑听之。十八日大雨,憨竟冒雨至,入室良久,始挽手出,见余有羞色,盖翡翠钏已在憨臂矣。焚香结盟后,拟再续前饮。适憨有石湖之游,即别去。芸欣然告余曰:"丽人已得,君何以谢媒耶?"余询其详。芸曰:"向之秘言,恐憨意另有所属也。顷探之无他,语之曰:'妹知今日之意否?'憨曰:'蒙夫人抬举,真蓬蒿倚玉树也⑥。但吾母望我奢,恐难自主耳,愿彼此缓图之。'脱钏上臂时,又语之曰:'玉取其坚,且有团圞不断之意,妹试笼之以为先兆。'憨曰:'聚合之权总在夫人也。'即此观之,憨心已得,所难必者冷香耳,当再图之。"余笑曰:"卿将效笠翁之《怜香伴》耶⑦?"芸曰:"然。"自此无日不谈憨园矣。后憨为有力者夺去,不果。芸竟以之死。

① 乙卯:乾隆六十年(1795)。

② "一泓"句:语出唐代崔珏《有赠》诗。

③ 尤物:罕见的珍品,多指美人,此指憨园。

④ 措大:对贫穷读书人的讥称。

⑤ 伉俪:夫妻。

⑥ 蓬蒿:蓬草和蒿草,喻贫贱者。 玉树:传说中的仙树或白雪

覆盖之树,喻貌美才优者。

　　⑦　笠翁:李渔(1611—1679),号笠翁,浙江兰溪人,清代戏曲家。
《怜香伴》:李渔的戏曲作品之一,演妻为夫娶妾事。

卷二　闲情记趣

余忆童稚时，能张目对日，明察秋毫，见藐小微物，必细察其纹理，故时有物外之趣。夏蚊成雷，私拟作群鹤舞空。心之所向，则或千或百，果然鹤也。昂首观之，项为之强。又留蚊于素帐中，徐喷以烟，使其冲烟飞鸣，作青云白鹤观，果如鹤唳云端，怡然称快。于土墙凹凸处，花台小草丛杂处，常蹲其身，使与台齐；定神细视，以丛草为林，以虫蚁为兽，以土砾凸者为丘，凹者为壑，神游其中，怡然自得。一日，见二虫斗草间，观之正浓，忽有庞然大物拔山倒树而来，盖一癞虾蟆也，舌一吐而二虫尽为所吞。余年幼方出神，不觉呀然惊恐。神定，捉虾蟆，鞭数十，驱之别院。年长思之，二虫之斗，盖图奸不从也。古语云"奸近杀"，虫亦然耶？贪此生涯，卵为蚯蚓所哈（吴俗呼阳曰卵），肿不能便。捉鸭开口哈之，婢妪偶释手，鸭颠其颈作吞噬状，惊而大哭，传为语柄。此皆幼时闲情也。

及长，爱花成癖，喜剪盆树。识张兰坡，始精剪枝养节之法，继悟接花叠石之法。花以兰为最，取其幽香韵致也，而瓣品之稍堪入谱者不可多得。兰坡临终时，赠余荷瓣素心春兰一盆，皆肩平心阔，茎细瓣净，可以入谱者，余珍如拱璧①。值余幕游于外，芸能亲为灌溉，花叶颇茂。不二年，一旦忽萎死。起根视之，皆白如玉，且兰芽勃然，初不可解，以为无福消受，浩叹而已。事后始悉有人欲分不允，故用滚汤灌杀也。从此誓不植兰。

　　次取杜鹃，虽无香而色可久玩，且易剪裁。以芸惜枝怜叶，不忍畅剪，故难成树。其他盆玩皆然。惟每年篱东菊绽②，秋兴成癖。喜摘插瓶，不爱盆玩。非盆玩不足观，以家无园圃，不能自植；货于市者，俱丛杂无致，故不取耳。其插花朵，数宜单，不宜双。每瓶取一种，不取二色。瓶口取阔大，不取窄小，阔大者舒展不拘。自五七花至三四十花，必于瓶口中一丛怒起，以不散漫、不挤轧、不靠瓶口为妙，所谓"起把宜紧"也。或亭亭玉立，或飞舞横斜。花取参差，间以花蕊，以免飞钹耍盘之病。叶取不乱，梗取不强。用针宜藏，针长宁断之，毋令针针露梗，所谓"瓶口宜清"也。视桌之大小，一桌三瓶至七瓶而止，多则眉目不分，即同市井之菊屏矣。几之高低，自三四寸至二尺五六寸而止，必须参差高下，互相照应，以气势联络为上。若中高两低，后高前低，成排对列，又犯俗所谓"锦灰堆"矣。或密或疏，或进或出，全在会心者得画意乃可。若盆碗盘洗，用漂青松香榆皮面和油，先熬以稻灰收成胶，以铜片按钉向上，将膏火化粘铜片于盘碗盆洗中。俟冷，将花用铁丝扎把，插于钉上，宜偏斜取势，不可居中，更宜枝疏叶清，不可拥挤。然后加水，用碗沙少许掩铜片，使观者疑丛花生于碗底方妙。若以木本花果插瓶，剪裁之法（不能色色自觅，倩人攀折者每不合意），必先执在手中，横斜以观其势，反侧以取其态。相定之后，剪去杂枝，以疏瘦古怪为佳。再思其梗如何入瓶，或折或曲，插入瓶口，方免背叶侧花之患。若一枝到手，先拘定其梗之直者插瓶中，势必枝乱梗强，花侧叶背，既难取态更无韵致矣。折梗打曲之法，锯其梗之半而嵌以砖石，则直者曲矣。如患梗倒，敲一二钉以筦之，即枫叶竹枝，乱草荆棘，均堪入选 。或绿竹一竿配以枸杞数粒，几茎细草伴以荆棘两

枝,苟位置得宜,另有世外之趣。若新栽花木,不妨歪斜取势,
听其叶侧,一年后枝叶自能向上。如树树直栽,即难取势矣。
至剪裁盆树,先取根露鸡爪者,左右剪成三节,然后起枝。一
枝一节,七枝到顶,或九枝到顶。枝忌对节如肩臂,节忌臃肿
如鹤膝。须盘旋出枝,不可光留左右,以避赤胸露背之病。又
不可前后直出。有名双起三起者,一根而起两三树也。如根
无爪形,便成插树,故不取。然一树剪成,至少得三四十年。
余生平仅见吾乡万翁名彩章者,一生剪成数树。又在扬州商
家见有虞山游客携送黄杨翠柏各一盆③,惜乎明珠暗投,余未
见其可也。若留枝盘如宝塔、扎枝曲如蚯蚓者,便成匠气矣。

①　拱璧:双手合抱的大璧,后泛称珍贵之物。
②　篱东:即东篱。晋代陶渊明《饮酒诗》之五:"采菊东篱下,悠然
见南山。"后因以借指菊花或种菊处。
③　虞山:今江苏常熟。

　　点缀盆中花石,小景可以入画,大景可以入神。一瓯清
茗,神能趋入其中,方可供幽斋之玩。种水仙无灵璧石①,余
尝以炭之有石意者代之。黄芽菜心其白如玉,取大小五七枝,
用沙土植长方盆内,以炭代石,黑白分明,颇有意思。以此类
推,幽趣无穷,难以枚举。如石菖蒲结子②,用冷米汤同嚼喷
炭上,置阴湿地,能长细菖蒲;随意移养盆碗中,茸茸可爱。以
老莲子磨薄两头,入蛋壳使鸡翼之,俟雏成取出,用久年燕巢
泥加天门冬十分之二③,捣烂拌匀,植于小器中,灌以河水,晒
以朝阳;花发大如酒杯,叶缩如碗口,亭亭可爱。

　　若夫园亭楼阁，套室回廊，叠石成山，栽花取势，又在大中见小，小中见大，虚中有实，实中有虚，或藏或露，或浅或深，不仅在周回曲折四字，又不在地广石多徒烦工费。或掘地堆土成山，间以块石，杂以花草，篱用梅编，墙以藤引，则无山而成山矣。大中见小者，散漫处植易长之竹，编易茂之梅以屏之。小中见大者，窄院之墙宜凹凸其形，饰以绿色，引以藤蔓，嵌大石，凿字作碑记形。推窗如临石壁，便觉峻峭无穷。虚中有实者，或山穷水尽处，一折而豁然开朗；或轩阁设厨处，一开而可通别院。实中有虚者，开门于不通之院，映以竹石，如有实无也；设矮栏干墙头，如上有月台，而实虚也。贫士屋少人多，当仿吾乡太平船后梢之位置，再加转移其间。台级为床，前后借凑，可作三榻，间以板而裱以纸，则前后上下皆越绝④。譬之如行长路，即不觉其窄矣。余夫妇侨寓扬州时，曾仿此法，屋仅两椽，上下卧房，厨灶客座皆越绝，而绰然有馀。芸曾笑曰："位置虽精，终非富贵家气象也。"是诚然欤！

　　①　灵璧石：出安徽灵璧，形状奇特，多用作园林盆景点缀。
　　②　石菖蒲：草本植物，形似菖蒲，植株矮小，主要供观赏，根茎状可入药。
　　③　天门冬：亦称"天冬草"，多年生攀援草本，块根可入药。
　　④　越绝：空间相通而又有隔绝。

　　余扫墓山中，检有峦纹可观之石。归与芸商曰："用油灰叠宣州石于白石盆①，取色匀也。本山黄石虽古朴，亦用油灰,则黄白相间,凿痕毕露,将奈何?"芸曰:"择石之顽劣者,捣末于灰痕处,乘湿掺之,干或色同也。"乃如其言,用宜兴窑长方盆叠起一峰②,偏于左而凸于右,背作横方纹,如云林石法③,巉岩凹凸,若临江石矶状。虚一角,用河泥种千瓣白萍。石上植茑萝④,俗呼云松,经营数日乃成。至深秋,茑萝蔓延满山,如藤萝之悬石壁。花开正红色。白萍亦透水大放。红白相间,神游其中,如登蓬岛。置之檐下与芸品题:此处宜设水阁,此处宜立茅亭,此处宜凿六字曰"落花流水之间",此可以居,此可以钓,此可以眺;胸中丘壑若将移居者然。一夕,猫奴争食自檐而堕,连盆与架顷刻碎之。余叹曰:"即此小经营,尚干造物忌耶?"两人不禁泪落。

① 宣州:今安徽宣城,其地山水之佳,名著东南。

② 宜兴:在江苏南部,以烧制陶器著称于世。

③ 云林:元末画家倪瓒(1301—1374),字元镇,号云林,江苏无锡人,尤擅画石。

④ 茑萝:又名密萝松,蔓生植物,花形为五角星,红色,又称五角星花。

静室焚香,闲中雅趣。芸尝以沉速等香,于饭镬蒸透,在炉上设一铜丝架,离火半寸许,徐徐烘之,其香幽韵而无烟。佛手忌醉鼻嗅,嗅则易烂。木瓜忌出汗,汗出,用水洗之。惟香圆无忌。佛手木瓜亦有供法,不能笔宣。每有人将供妥者随手取嗅,随手置之,即不知供法者也。

余闲居,案头瓶花不绝。芸曰:"子之插花能备风晴雨露,可谓精妙入神;而画中有草虫一法,盍仿而效之?"余曰:"虫踯躅不受制,焉能仿效?"芸曰:"有一法,恐作俑罪过耳①。"余曰:"试言之。"曰:"虫死色不变。觅螳螂蝉蝶之属,以针刺死,用细丝扣虫项系花草间,整其足,或抱梗,或踏叶,宛然如生,不亦善乎?"余喜,如其法行之,见者无不称绝。求之闺中,今恐未必有此会心者矣。

余与芸寄居锡山华氏②,时华夫人以两女从芸识字。乡居院旷,夏日逼人。芸教其家,作活花屏法甚妙。每屏一扇,用木梢二枝约长四五寸,作矮条凳式,虚其中,横四挡,宽一尺许,四角凿圆眼,插竹编方眼。屏约高六七尺,用砂盆种扁豆置屏中,盘延屏上,两人可移动。多编数屏,随意遮拦,恍如绿阴满窗,透风蔽日,纡回曲折,随时可更;故曰活花屏。有此一法,即一切藤本香草随地可用。此真乡居之良法也。

①　作俑:制造殉葬用的偶像。此喻首开恶例。
②　锡山:在今江苏无锡西郊,惠山以东小丘。相传周秦时产锡,故名。

友人鲁半舫名璋,字春山,善写松柏或梅菊,工隶书,兼工铁笔①。余寄居其家之萧爽楼,一年有半。楼共五椽,东向,余居其三。晦明风雨,可以远眺。庭中木犀一株,清香撩人。有廊有厢,地极幽静。移居时,有一仆一妪,并挈其小女来。仆能成衣,妪能纺绩,于是芸绣,妪绩,仆则成衣,以供薪水。余素爱客,小酌必行令。芸善不费之烹庖,瓜蔬鱼虾一经芸手,便有意外味。同人知余贫,每出杖头钱②,作竟日叙。余又好洁,地无纤尘,且无拘束,不嫌放纵。时有杨补凡名昌绪,善人物写真;袁少迂名沛,工山水;王星澜名岩,工花卉翎毛;爱萧爽楼幽雅,皆携画具来,余则从之学画。写草篆,镌图章,加以润笔③,交芸备茶酒供客。终日品诗论画而已。更有夏淡安、揖山两昆季,并缪山音、知白两昆季,及蒋韵香、陆橘香、周啸霞、郭小愚、华杏帆、张闲酣诸君子,如梁上之燕自去自来。芸则拔钗沽酒④,不动声色,良辰美景,不放轻过。今则天各一方,风流云散,兼之玉碎香埋,不堪回首矣!

① 铁笔:刻印以刀代笔,故曰铁笔。
② 杖头钱:买酒钱。典出《世说新语·任诞》:"阮宣子(修)常步行,以百钱挂杖头,至酒店便独酣畅。"
③ 润笔:书画金石的酬金。
④ 拔钗沽酒:卖掉金钗为丈夫买酒,形容妻贤。唐代元稹《遣悲怀》诗有"泥他沽酒拔金钗"之句。

萧爽楼有四忌:谈官宦升迁,公廨时事①,八股时文,看牌掷色;有犯必罚酒五斤。有四取:慷慨豪爽,风流蕴藉,落拓不羁,澄静缄默。长夏无事,考对为会。每会八人,每人各携青蚨二百②。先拈阄,得第一者为主考,关防别座③;第二者为誊录,亦就座;余作举子,各于誊录处取纸一条,盖用印章。主考出五七言各一句,刻香为限,行立构思,不准交头私语。对就后投入一匣,方许就座。各人交卷毕,誊录启匣,并录一册,转呈主考,以杜徇私。十六对中取七言三联,五言三联。六联中取第一者即为后任主考,第二者为誊录。每人有两联不取者罚钱二十文,取一联者免罚十文,过限者倍罚。一场,主考得香钱百文。一日可十场,积钱千文,酒资大畅矣。惟芸议为官卷④,准坐而构思。

① 公廨:官府,官署。

② 青蚨:原为古代传说中的一种虫,也叫"鱼伯"。据《搜神记》载,以青蚨血涂钱购物,钱能飞回。后即指钱。

③ 关防别座:当时正规职官用正方形的官印,称印;临时派遣的官员用长方形的官印,称关防。因主考为临时派遣的差使,故用关防。别座,坐在一边。

④ 官卷:清代科举制度规定,高级官员的子弟应乡试者叫官生,其试卷称官卷,官卷别编字号,不占名额,亦不能取中解元和经魁。此指陈芸被推举为官卷,也就是不占考对名额。

杨补凡为余夫妇写载花小影,神情确肖。是夜月色颇佳,兰影上粉墙,别有幽致。星澜醉后兴发曰:"补凡能为君写真,我能为花图影。"余笑曰:"花影能如人影否?"星澜取素纸铺于墙,即就兰影,用墨浓淡图之。日间取视,虽不成画,而花叶萧疏,自有月下之趣。芸甚宝之。各有题咏。

苏城有南园、北园二处,菜花黄时,苦无酒家小饮;携盒而往,对花冷饮,殊无意味。或议就近觅饮者,或议看花归饮者,终不如对花热饮为快。众议未定。芸笑曰:"明日但各出杖头钱,我自担炉火来。"众笑曰:"诺。"众去,余问曰:"卿果自往乎?"芸曰:"非也。妾见市中卖馄饨者,其担锅灶无不备,盍雇之而往?妾先烹调端整,到彼处再一下锅,茶酒两便。"余曰:"酒菜固便矣。茶乏烹具。"芸曰:"携一砂罐去,以铁叉串罐柄,去其锅,悬于行灶中,加柴火煎茶,不亦便乎?"余鼓掌称善。街头有鲍姓者,卖馄饨为业,以百钱雇其担,约以明日午后。鲍欣然允议。明日看花者至,余告以故,众咸叹服。饭后同往,并带席垫,至南园,择柳阴下团坐。先烹茗,饮毕,然后暖酒烹肴。是时风和日丽,遍地黄金,青衫红袖,越阡度陌,蝶蜂乱飞,令人不饮自醉。既而酒肴俱熟,坐地大嚼。担者颇不俗,拉与同饮,游人见之莫不羡为奇想。杯盘狼藉,各已陶然,或坐或卧,或歌或啸。红日将颓,余思粥,担者即为买米煮之,果腹而归。芸问曰:"今日之游乐乎?"众曰:"非夫人之力不及此。"大笑而散。

贫士起居服食,以及器皿房舍,宜省俭而雅洁。省俭之法曰"就事论事"。余爱小饮,不喜多菜。芸为置一梅花盒,用二寸白磁深碟六只,中置一只,外置五只,用灰漆就,其形如梅花。底盖均起凹楞,盖之上有柄如花蒂,置之案头,如一朵墨梅覆桌;启盖视之,如菜装于花瓣中。一盒六色,二三知己可以随意取食。食完再添。另做矮边圆盘一只,以便放杯箸酒壶之类,随处可摆,移掇亦便。即食物省俭之一端也。余之小帽领袜皆芸自做,衣之破者移东补西,必整必洁,色取暗淡以免垢迹,既可出客,又可家常。此又服饰省俭之一端也。初至萧爽楼中嫌其暗,以白纸糊壁,遂亮。夏月楼下去窗,无阑干,觉空洞无遮拦。芸曰:"有旧竹帘在,何不以帘代栏?"余曰:"如何?"芸曰:"用竹数根黝黑色,一竖一横,留出走路。截半帘搭在横竹上,垂至地,高与桌齐。中竖短竹四根,用麻线扎定,然后于横竹搭帘处,寻旧黑布条,连横竹裹缝之。既可遮拦饰观,又不费钱。"此"就事论事"之一法也。以此推之,古人所谓竹头木屑皆有用,良有以也。

夏月荷花初开时,晚含而晓放。芸用小纱囊撮茶叶少许,置花心。明早取出,烹天泉水泡之①,香韵尤绝。

① 天泉水:指雨水。

卷三　坎坷记愁

人生坎坷何为乎来哉？往往皆自作孽耳。余则非也。多情重诺，爽直不羁，转因之为累。况吾父稼夫公，慷慨豪侠，急人之难，成人之事，嫁人之女，抚人之儿，指不胜屈，挥金如土，多为他人。余夫妇居家，偶有需用不免典质，始则移东补西，继则左支右绌。谚云："处家人情，非钱不行。"先起小人之议，渐招同室之讥[1]。"女子无才便是德"，真千古至言也！

余虽居长而行三，故上下呼芸为"三娘"；后忽呼为"三太太"[2]。始而戏呼，继成习惯，甚至尊卑长幼，皆以"三太太"呼之。此家庭之变机欤？

乾隆乙巳[3]，随侍吾父于海宁官舍[4]。芸于吾家书中附寄小函。吾父曰："媳妇既能笔墨，汝母家信付彼司之。"后家庭偶有闲言，吾母疑其述事不当，仍不令代笔。吾父见信非芸手笔，询余曰："汝妇病耶？"余即作札问之，亦不答。久之，吾父怒曰："想汝妇不屑代笔耳！"迨余归，探知委曲，欲为婉剖。芸急止之曰："宁受责于翁，勿失欢于姑也。"竟不自白。

① 同室：家庭内部。

② 三太太：明代中丞以上官员之妻始称太太，沈复是平民，却称其妻为太太，这就含有讥笑之意，所以后面说"此家庭之变机欤？"

③ 乙巳：乾隆五十年(1785)。

④ 海宁：在浙江嘉兴南部，也称盐官。

庚戌之春①，予又随侍吾父于邗江幕中②。有同事俞孚亭者，挈眷居焉。吾父谓孚亭曰："一生辛苦常在客中，欲觅一起居服役之人而不可得。儿辈果能仰体亲意，当于家乡觅一人来，庶语音相合。"孚亭转述于余，密札致芸，倩媒物色，得姚氏女。芸以成否未定，未即禀知吾母。其来也，托言邻女之嬉游者。及吾父命余接取至署，芸又听旁人意见，托言吾父素所合意者。吾母见之曰："此邻女之嬉游者也，何娶之乎？"芸遂并失爱于姑矣。

壬子春③，余馆真州④。吾父病于邗江，余往省，亦病焉。余弟启堂时亦随侍。芸来书曰："启堂弟曾向邻妇借贷，倩芸作保，现追索甚急。"余询启堂，启堂转以嫂氏为多事。余遂批纸尾曰："父子皆病，无钱可偿；俟启弟归时，自行打算可也。"未几病皆愈，余仍往真州。芸覆书来，吾父拆视之，中述启弟邻项事⑤，且云："令堂以老人之病，皆由姚姬而起。翁病稍痊，宜密嘱姚托言思家，妾当令其家父母到扬接取；实彼此卸责之计也。"吾父见书怒甚。询启堂以邻项事，答言不知。遂札饬余曰："汝妇背夫借债，谗谤小叔，且称姑曰令堂，翁曰老人，悖谬之甚！我已专人持札回苏斥逐。汝若稍有人心，亦当知过！"余接此札，如闻青天霹雳；即肃书认罪，觅骑遄归，恐芸之短见也。到家述其本末，而家人乃持逐书至，历斥多过，言甚决绝。芸泣曰："妾固不合妄言，但阿翁当恕妇女无知耳。"越数日，吾父又有手谕至，曰："我不为已甚。汝携妇别居，勿使我见，免我生气足矣。"乃寄芸于外家。而芸以母亡弟出，不愿往依族中。幸友人鲁半舫闻而怜之，招余夫妇往居其家萧爽楼。越两载，吾父渐知始末。适余自岭南归，吾父自至萧爽楼谓芸曰："前事我已尽知，汝盍归乎？"余夫妇欣然，仍归故宅,骨肉重圆。岂料又有憨园之孽障耶!

① 庚戌:乾隆五十五年(1790)。
② 邗江:在今江苏扬州东南,亦作扬州的别称。
③ 壬子:乾隆五十七年(1792)。
④ 真州:今江苏仪征。
⑤ 邻项:邻居的款项。

芸素有血疾,以其弟克昌出亡不返,母金氏复念子病没,悲伤过甚所致;自识憨园,年余未发,余方幸其得良药。而憨为有力者夺去,以千金作聘,且许养其母,佳人已属沙叱利矣①。余知之而未敢言也。及芸往探始知之,归而呜咽,谓余曰:"初不料憨之薄情乃尔也!"余曰:"卿自情痴耳。此中人何情之有哉②!况锦衣玉食者未必能安于荆钗布裙也,与其后悔,莫若无成。"因抚慰之再三。而芸终以受愚为恨,血疾大发,床席支离,刀圭无效③。时发时止,骨瘦形销。不数年而逋负日增,物议日起。老亲又以盟妓一端,憎恶日甚。余则调停中立,已非生人之境矣④。

芸生一女名青君,时年十四,颇知书,且极贤能,质钗典服,幸赖辛劳;子名逢森,时年十二,从师读书。余连年无馆,设一书画铺于家门之内。三日所进,不敷一日所出,焦劳困苦,竭蹶时形。隆冬无裘,挺身而过。青君亦衣单股栗,犹强曰"不寒"。因是芸誓不医药。偶能起床,适余有友人周春煦自福郡王幕中归,倩人绣《心经》一部⑤。芸念绣经可以消灾降福,且利其绣价之丰,竟绣焉。而春煦行色匆匆不能久待,十日告成。弱者骤劳,致增腰痠头晕之疾。岂知命薄者,佛亦不能发慈悲也!

① 沙吒利:唐代传奇《柳氏传》中夺走柳氏的番将,此借指夺走憨园者。

② 此中人:指妓院中人。

③ 刀圭:古时量取药物的用具,后亦以称医术。

④ 生人:此指活人。《庄子·至乐》篇有"视子之言,皆生人之累也,死则无此矣"之言。

⑤ 《心经》:佛经《般若波罗蜜多心经》的简称。"般若"即"智慧","波罗蜜多"即"到彼岸",佛家认为"彼岸"就是阿弥陀佛所住的西方极乐世界,要达彼岸就须有此智慧。

绣经之后,芸病转增,唤水索汤,上下厌之。有西人赁屋于余画铺之左,放利债为业,时倩余作画,因识之。友人某向渠借五十金,乞余作保,余以情有难却,允焉。而某竟挟资远遁。西人惟保是问,时来饶舌,初以笔墨为抵,渐至无物可偿。岁底吾父家居,西人索债,咆哮于门。吾父闻之,召余呵责曰:"我辈衣冠之家,何得负此小人之债!"正剖诉间,适芸有自幼同盟姊适锡山华氏,知其病,遣人问讯。堂上误以为憨园之使,因愈怒曰:"汝妇不守闺训,结盟娼妓;汝亦不思习上,滥伍小人。若置汝死地,情有不忍,姑宽三日限,速自为计,迟必首汝逆矣①!"芸闻而泣曰:"亲怒如此,皆我罪孽。妾死君行,君必不忍;妾留君去,君必不舍。姑密唤华家人来,我强起问之。"因令青君扶至房外,呼华使问曰:"汝主母特遣来耶?抑便道来耶?"曰:"主母久闻夫人卧病,本欲亲来探望,因从未登门不敢造次；临行嘱付，倘夫人不嫌乡居简亵，不妨到乡调养，践幼时灯下之言。"盖芸与同绣日，曾有疾病相扶之誓也。因嘱之曰："烦汝速归，禀知主母，于两日后放舟密来。"其人既退，谓余曰："华家盟姊情逾骨肉，君若肯至其家，不妨同行；但儿女携之同往既不便，留之累亲又不可，必于两日内安顿之。"

时余有表兄王荩臣一子名韫石，愿得青君为媳妇。芸曰："闻王郎懦弱无能，不过守成之子，而王又无成可守；幸诗礼之家，且又独子，许之可也。"余谓荩臣曰："吾父与君有渭阳之谊②，欲媳青君，谅无不允。但待长而嫁，势所不能。余夫妇往锡山后，君即禀知堂上，先为童媳，何如？"荩臣喜曰："谨如命。"逢森亦托友人夏揖山转荐学贸易。

①　首：出首告发。

②　渭阳之谊：原指秦康公、晋文公的甥舅情谊。《诗经·秦风·渭阳》："我送舅氏，日至渭阳。"

安顿已定，华舟适至。时庚申之腊二十五日也①。芸曰："孑然出门，不惟招邻里笑，且西人之项无著，恐亦不放，必于明日五鼓悄然而去。"余曰："卿病中能冒晓寒耶？"芸曰："死生有命，无多虑也。"密禀吾父，亦以为然。是夜，先将半肩行李挑下船，令逢森先卧。青君泣于母侧。芸嘱曰："汝母命苦，兼亦情痴，故遭此颠沛。幸汝父待我厚，此去可无他虑。两三年内，必当布置重圆。汝至汝家须尽妇道，勿似汝母。汝之翁姑以得汝为幸，必善视汝。所留箱笼什物尽付汝带去。汝弟年幼，故未令知，临行时托言就医，数日即归，俟我去远告知其故,禀闻祖父可也。"旁有旧妪,即前卷中曾赁其家消暑者,愿送至乡;故是时陪侍在侧,拭泪不已。将交五鼓,暖粥共啜之。芸强颜笑曰:"昔一粥而聚,今一粥而散;若作传奇,可名《吃粥记》矣。"逢森闻声亦起,呻曰:"母何为?"芸曰:"将出门就医耳。"逢森曰:"起何早?"曰:"路远耳。汝与姊相安在家,毋讨祖母嫌。我与汝父同往,数日即归。"鸡声三唱,芸含泪扶妪,启后门将出。逢森忽大哭,曰:"噫,我母不归矣!"青君恐惊人,急掩其口而慰之。当是时,余两人寸肠已断,不能复作一语,但止以"勿哭"而已!青君闭门后,芸出巷十数步,已疲不能行,使妪提灯,余背负之而行。将至舟次,几为逻者所执,幸老妪认芸为病女,余为婿,且得舟子皆华氏工人,闻声接应,相扶下船。解维后,芸始放声痛哭。是行也,其母子已成永诀矣!

① 庚申:嘉庆五年(1800)。

华名大成,居无锡之东高山,面山而居,躬耕为业,人极朴诚。其妻夏氏,即芸之盟姊也。是日午未之交①,始抵其家。华夫人已倚门而待,率两小女至舟,相见甚欢。扶芸登岸,款待殷勤。四邻妇人孺子哄然入室,将芸环视,有相问讯者,有相怜惜者,交头接耳,满屋啾啾。芸谓华夫人曰:"今日真如渔父入桃源矣②。"华曰:"妹莫笑。乡人少所见多所怪耳。"自此相安度岁。

至元宵,仅隔两旬而芸渐能起步。是夜观龙灯于打麦场中,神情态度,渐可复元。余乃心安,与之私议曰:"我居此非计。欲他适,而短于资,奈何?"芸曰:"妾亦筹之矣。君姊丈范惠来现于靖江盐公堂司会计③,十年前曾借君十金,适数不敷,妾典钗凑之。君忆之耶?"余曰:"忘之矣。"芸曰:"闻靖江去此不远,君盍一往?"余如其言。时天颇暖,织绒袍哔叽短褂,犹觉其热。此辛酉正月十六日也④。是夜宿锡山客旅,赁被而卧。晨起趁江阴航船,一路逆风继以微雨。夜至江阴江口,春寒彻骨,沽酒御寒,囊为之罄。踌躇终夜,拟卸衬衣,质钱而渡。十九日北风更烈,雪势犹浓,不禁惨然泪落。暗计房资渡费,不敢再饮。正心寒股栗间,忽见一老翁草鞋毡笠负黄包,入店,以目视余,似相识者。余曰:"翁非泰州曹姓耶?"答曰:"然。我非公,死填沟壑矣。今小女无恙,时诵公德。不意今日相逢。何逗留于此?"盖余幕泰州时有曹姓,本微贱,一女有姿色,已许婚家,有势力者放债谋其女,致涉讼。余从中调护,仍归所许。曹即投入公门为隶,叩首作谢,故识之。余告以投亲遇雪之由。曹曰:"明日天晴,我当顺途相送。"出钱沽酒,备极款洽。

① 午未之交:午时,十一时至十三时;未时,十三时至十五时。此指十三时左右。

② 桃源:此指避世隐居之地。东晋陶渊明作有《桃花源记》。

③ 靖江:县名,在江苏长江北岸,清属常州府。 盐公堂:管理盐政的衙门。

④ 辛酉:嘉庆六年(1801)。

二十日晓钟初动,即闻江口唤渡声。余惊起,呼曹同济。

曹曰："勿急。宜饱食登舟。"乃代偿房饭钱，拉余出沽。余以连日逗留，急欲赶渡，食不下咽，强啖麻饼两枚。及登舟，江风如箭，四肢发战。曹曰："闻江阴有人缢于靖，其妻雇是舟而往。必俟雇者来始渡耳。"枵腹忍寒，午始解缆。至靖，暮烟四合矣。曹曰："靖有公堂两处。所访者城内耶？城外耶？"余踉跄随其后，且行且对曰："实不知其内外也。"曹曰："然则且止宿，明日往访耳。"进旅店，鞋袜已为泥淤湿透，索火烘之。草草饮食，疲极酣睡。晨起，袜烧其半。曹又代偿房饭钱。访至城中，惠来尚未起，闻余至，披衣出，见余状惊曰："舅何狼狈至此？"余曰："姑勿问。有银乞借二金，先遣送我者。"惠来以番饼二圆授余①，即以赠曹。曹力却，受一圆而去。余乃历述所遭，并言来意。惠来曰："郎舅至戚，即无宿逋，亦应竭尽绵力；无如航海盐船新被盗，正当盘账之时，不能挪移丰赠，当勉措番银二十圆，以偿旧欠，何如？"余本无奢望，遂诺之。留住两日，天已晴暖，即作归计。二十五日仍回华宅。芸曰："君遇雪乎？"余告以所苦。因惨然曰："雪时，妾以君为抵靖，乃尚逗留江口。幸遇曹老，绝处逢生，亦可谓吉人天相矣。"越数日，得青君信，知逢森已为揖山荐引入店。芝臣请命于吾父，择正月二十四日将伊接去。儿女之事粗能了了，但分离至此，令人终觉惨伤耳。

　　二月初，日暖风和，以靖江之项薄备行装，访故人胡肯堂于邗江盐署。有贡局众司事公延入局②，代司笔墨，身心稍定。至明年壬戌八月③，接芸书曰："病体全瘳。惟寄食于非亲非友之家，终觉非久长之策，愿亦来邗，一睹平山之胜。"余乃赁屋于邗江先春门外，临河两椽。自至华氏接芸同行。华夫人赠一小奚奴曰阿双，帮司炊爨，并订他年结邻之约。

① 饼:旧时对流入中国的外国银元的俗称。
② 贡局:管理盐政的衙门。 公延入局:公开招聘。
③ 壬戌:嘉庆七年(1802)

　　时已十月,平山凄冷,期以春游。满望散心调摄,徐图骨
肉重圆。不满月,而贡局司事忽裁十有五人,余系友中之友遂
亦散闲。芸始犹百计代余筹画,强颜慰藉,未尝稍涉怨尤。至
癸亥仲春①,血疾大发。余欲再至靖江,作将伯之呼②。芸曰:
"求亲不如求友。"余曰:"此言虽是,奈友虽关切,现皆闲处,自
顾不遑。"芸曰:"幸天时已暖,前途可无阻雪之虑。愿君速去
速回,勿以病人为念。君或体有不安,妾罪更重矣。"时已薪水
不继,余佯为雇骡以安其心,实则囊饼徒步且食且行。向东
南,两渡叉河,约八九十里,四望无村落。至更许,但见黄沙漠
漠,明星闪闪,得一土地祠,高约五尺许,环以短墙,植以双
柏。因向神叩首,祝曰:"苏州沈某投亲失路至此,欲假神祠一
宿,幸神怜佑。"于是移小石香炉于旁,以身探之,仅容半体,以
风帽反戴掩面,坐半身于中,出膝于外,闭目静听,微风萧萧而
已。足疲神倦,昏然睡去。及醒,东方已白,短墙外忽有步语
声。急出探视,盖土人赶集经此也。问以途。曰:"南行十里
即泰兴县城,穿城向东南十里一土墩,过八墩,即靖江,皆康庄
也。"余乃反身,移炉于原位,叩首作谢而行。过泰兴,即有小
车可附。申刻抵靖③,投刺焉。良久,司阍者曰④:"范爷因公
往常州去矣。"察其辞色,似有推托。余诘之曰:"何日可归?"
曰:"不知也。"余曰:"虽一年亦将待之。"阍者会余意,私问曰:
"公与范爷嫡郎舅耶?"余曰:"苟非嫡者,不待其归矣。"阍者

曰：“公姑待之。”越三日，乃以回靖告，共挪二十五金。雇骡急返。

① 癸亥：嘉庆八年（1803）。

② 将伯之呼：求助的呼吁，典出《诗经·小雅·正月》：“载输尔载，将伯助予！”

③ 申刻：午后三时至五时。

④ 司阍（hūn）者：守门人。

芸正形容惨变，咻咻涕泣。见余归，卒然曰：“君知昨午阿双卷逃乎？倩人大索，今犹不得。失物小事，人系伊母临行再三交托，今若逃归，中有大江之阻，已觉堪虞。倘其父母匿子图诈，将奈之何？且有何颜见我盟姊！”余曰：“请勿急。卿虑过深矣。匿子图诈，诈其富有也；我夫妇两肩担一口耳。况携来半载授衣分食，从未稍加扑责，邻里咸知。此实小奴丧良，乘危窃逃。华家盟姊赠以匪人，彼无颜见卿；卿何反谓无颜见彼耶？今当一面呈县立案，以杜后患可也。”芸闻余言，意似稍释；然自此梦中呓语时呼“阿双逃矣”，或呼“憨何负我”，病势日以增矣。余欲延医诊治。芸阻曰：“妾病始因弟亡母丧，悲痛过甚；继为情感，后由忿激。而平素又多过虑，满望努力做一好媳妇，而不能得，以至头眩、怔忡诸症毕备；所谓病入膏肓，良医束手，请勿为无益之费。忆妾唱随二十三年，蒙君错爱，百凡体恤，不以顽劣见弃。知己如君，得婿如此，妾已此生无憾。若布衣暖，菜饭饱，一室雍雍，优游泉石，如沧浪亭、萧爽楼之处境，真成烟火神仙矣。神仙几世才能修到，我辈何人敢望神仙耶？强而求之，致干造物之忌，即有情魔之扰。总因君太多情，妾生薄命耳！"因又呜咽而言曰："人生百年终归一死。今中道相离，忽焉长别，不能终奉箕帚，目睹逢森娶妇；此心实觉耿耿。"言已，泪落如豆。余勉强慰之曰："卿病八年，恹恹欲绝者屡矣。今何忽作断肠语耶？"芸曰："连日梦我父母放舟来接，闭目即飘然上下，如行云雾中，殆魂离而躯壳存乎？"余曰："此神不收舍，服以补剂，静心调养，自能安痊。"芸又欷歔曰："妾若稍有生机一线，断不敢惊君听闻。今冥路已近，苟再不言，言无日矣。君之不得亲心，流离颠沛，皆由妾故。妾死则亲心自可挽回，君亦可免牵挂。堂上春秋高矣，妾死，君宜早归。如无力携妾骸骨归，不妨暂厝于此，待君将来可耳。愿君另续德容兼备者，以奉双亲，抚我遗子，妾亦瞑目矣！"言至此，痛肠欲裂，不觉惨然大恸。余曰："卿果中道相舍，断无再续之理。况'曾经沧海难为水，除却巫山不是云'耳①。"芸乃执余手而更欲有言，仅断续叠言"来世"二字。忽发喘，口噤，两目瞪视，千呼万唤，已不能言。痛泪两行，涔涔流溢。既而喘渐微，泪渐干，一灵缥缈，竟尔长逝。时嘉庆癸亥三月三十日也②。当是时，孤灯一盏，举目无亲，两手空拳，寸心欲碎。绵绵此恨，曷其有极！承吾友胡肯堂以十金为助，余尽室中所有，变卖一空，亲为成殓。呜呼！芸一女流，具男子之襟怀才识。归吾门后，余日奔走衣食，中馈缺乏，芸能纤悉不介意。及余家居，惟以文字相辩析而已。卒之疾病颠连，赍恨以没，谁致之耶？余有负闺中良友，又何可胜道哉！奉劝世间夫妇，固不可彼此相仇，亦不可过于情笃。语云："恩爱夫妻不到头"，如余者，可作前车之鉴也。

① "曾经"两句:语出唐代元稹《离思》诗。

② 癸亥:嘉庆八年(1803)。

　　回煞之期①,俗传是日魂必随煞而归,故房中铺设一如生
前,且须铺生前旧衣于床上,置旧鞋于床下,以待魂归瞻顾。
吴下相传谓之"收眼光";延羽士作法②,先召于床而后遣之,
谓之"接眚"③。邗江俗例,设酒肴于死者之室,一家尽出,谓
之"避眚";以故有因避被窃者。芸娘眚期,房东因同居而出
避,邻家嘱余亦设眚远避。余冀魂归一见,姑漫应之。同乡张
禹门谏余曰:"因邪入邪,宜信其有,勿尝试也。"余曰:"所以
不避而待之者,正信其有也。"张曰:"回煞犯煞不利生人。夫人
即或魂归,业已阴阳有间,窃恐欲见者无形可接,应避者反犯
其锋耳。"时余痴心不昧,强对曰:"死生有命。君果关切,伴我
何如?"张曰:"我当于门外守之。君有异见,一呼即入可也。"
余乃张灯入室,见铺设宛然,而音容已杳,不禁心伤泪涌。又
恐泪眼模糊,失所欲见,忍泪睁目,坐床而待。抚其所遗旧服,
香泽犹存,不觉柔肠寸断,冥然昏去。转念待魂而来,何遽睡
耶!开目四视,见席上双烛青焰荧荧,缩光如豆,毛骨悚然,通
体寒栗。因摩两手擦额,细瞩之,双焰渐起高至尺许,纸裱顶
格几被所焚。余正得借光四顾间,光忽又缩如前。此时心舂
股栗,欲呼守者进观;而转念柔魂弱魄,恐为盛阳所逼,悄呼芸
名而祝之,满室寂然,一无所见。既而烛焰复明,不复腾起矣。
出告禹门,服余胆壮,不知余实一时情痴耳。

① 回煞:古代迷信之说,按人死时年月干支推算所谓魂气返舍的

时间,并说返舍之日有凶煞出现。煞,凶神。

② 羽士:道士,亦称羽人。

③ 接眚(shěng):亦叫"接煞"。丧家请术士招死者之魂还家。

芸没后,忆和靖"妻梅子鹤"语①,自号梅逸。权葬芸于扬州西门外之金桂山,俗呼郝家宝塔。买一棺之地,从遗言寄于此。携木主还乡②,吾母亦为悲悼。青君、逢森归来,痛哭成服③。启堂进言曰:"严君怒犹未息,兄宜仍往扬州。俟严君归里,婉言劝解,再当专札相招。"余遂拜母别子女,痛哭一场;复至扬州,卖画度日。因得常哭于芸娘之墓,影单形只,备极凄凉。且偶经故居,伤心惨目。重阳日,邻冢皆黄,芸墓独青。守坟者曰:"此好穴场,故地气旺也。"余暗祝曰:"秋风已紧,身尚衣单。卿若有灵,佑我图得一馆,度此残年,以待家乡信息。"未几,江都幕客章驭庵先生欲回浙江葬亲,倩余代庖三月,得备御寒之具。封篆出署,张禹门招寓其家。张亦失馆,度岁艰难,商于余;即以余赀二十金倾囊借之,且告曰:"此本留为亡荆扶柩之费,一俟得有乡音,偿我可也。"是年即寓张度岁。晨占夕卜,乡音殊杳。

① 和靖:北宋诗人林逋(967—1028),浙江钱塘人,隐居西湖孤山,终身不仕不娶,赏梅养鹤,人称为"梅妻鹤子"。

② 木主:死者的灵牌,也叫"神主"、"牌位"。

③ 成服:按照与死者的亲疏关系,穿上不同的丧服。

　　至甲子三月接青君信①，知吾父有病，即欲归苏，又恐触旧忿。正趑趄观望间，复接青君信，始痛悉吾父业已辞世，刺骨痛心，呼天莫及。无暇他计，即星夜驰归。触首灵前，哀号流血。呜呼！吾父一生辛苦，奔走于外，生余不肖，既少承欢膝下，又未侍药床前，不孝之罪，何可逭哉！吾母见余哭，曰："汝何此日始归耶？"余曰："儿之归，幸得青君孙女信也。"吾母目余弟妇，遂默然。余入幕守灵，至七终无一人以家事告，以丧事商者。余自问人子之道已缺，故亦无颜询问。一日，忽有向余索逋者，登门饶舌。余出应曰："欠债不还，固应催索。然吾父骨肉未寒，乘凶追呼②，未免太甚。"中有一人私谓余曰："我等皆有人招之使来。公且避出，当向招我者索偿也。"余曰："我欠我偿，公等速退！"皆唯唯而去。余因呼启堂谕之曰："兄虽不肖，并未作恶不端。若言出嗣降服③，从未得过纤毫嗣产。此次奔丧归来，本人子之道，岂为争产故耶？大丈夫贵乎自立，我既一身归，仍以一身去耳！"言已，返身入幕，不觉大恸。叩辞吾母，走告青君，行将出走深山，求赤松子于世外矣④。青君正劝阻间，友人夏南薰字淡安、夏逢泰字揖山两昆季寻踪而至，抗声谏余曰："家庭若此，固堪动忿；但足下父死而母尚存，妻丧而子未立，乃竟飘然出世，于心安乎？"余曰："然则如之何？"淡安曰："奉屈暂居寒舍，闻石琢堂殿撰有告假回籍之信⑤，盍俟其归而往谒之？其必有以位置君也。"余曰："凶丧未满百日，兄等有老亲在堂，恐多未便。"揖山曰："愚兄弟之相邀，亦家君意也。足下如执以为不便，西邻有禅寺，方丈僧与余交最善。足下设榻于寺中，何如？"余诺之。青君曰："祖父所遗房产，不下三四千金，既已分毫不取，岂自己行囊亦舍去耶？我往取之，径送禅寺父亲处可也。"因是于行囊之外，转得吾父所遗图书、砚台、笔筒数件。寺僧安置予于大悲阁。阁南向,向东设神像。隔西首一间,设月窗,紧对佛龛,本为作佛事者斋食之地,余即设榻其中。临门有关圣提刀立像⑥,极威武。院中有银杏一株,大三抱,荫覆满阁,夜静风声如吼。揖山常携酒果来对酌,曰:"足下一人独处,夜深不寐,得无畏怖耶?"余曰:"仆一生坦直,胸无秽念,何怖之有?"居未几,大雨倾盆,连宵达旦三十余天。时虑银杏折枝,压梁倾屋,赖神默佑,竟得无恙。而外之墙坍屋倒者,不可胜计,近处田禾,俱被漂没。余则日与僧人作画,不见不闻。七月初,天始霁,揖山尊人号莼芗有交易赴崇明,偕余往,代笔书券得二十金。归,值吾父将安葬,启堂命逢森向余曰:"叔因葬事乏用,欲助一二十金。"余拟倾囊与之。揖山不允,分帮其半。余即携青君先至墓所。葬既毕,仍返大悲阁。九月杪,揖山有田在东海永泰沙⑦,又偕余往收其息。盘桓两月,归已残冬,移寓其家雪鸿草堂度岁,真异姓骨肉也。

① 甲子:嘉庆九年(1804)。

② 凶:此指丧事。

③ 出嗣降服:沈复已过继给堂伯父,所以与生父关系降级,因此丧服也降一等。

④ 赤松子:传说中的仙人。《列仙传》:"赤松子者,神农时雨师也。能入火不禁,入水不溺,炎帝少女追之,俱得仙去。"

⑤ 殿撰:宋有集贤殿修撰等官,简称殿撰,明清沿此称状元为殿撰。

⑥ 关圣:关羽于明万历时被封为"三界伏魔大帝神威远镇天尊关圣帝君"。

⑦ 东海:县名,在江苏北部。

　　乙丑七月①，琢堂始自都门回籍。琢堂名韫玉，字执如，琢堂其号也，与余为总角交，乾隆庚戌殿元②，出为四川重庆守③，白莲教之乱④，三年戎马，极著劳绩。及归，相见甚欢。旋于重九日，挈眷重赴四川重庆之任，邀余同往。余即叩别吾母于九妹倩陆尚吾家⑤，盖先君故居，已属他人矣。吾母嘱曰："汝弟不足恃，汝行须努力，重振家声，全望汝也。"逢森送余至半途，忽泪落不已，因嘱勿送而返。舟出京口⑥，琢堂有旧交王惕夫孝廉在淮扬盐署，绕道往晤，余与偕往，又得一顾芸娘之墓。返舟由长江溯流而上，一路游览名胜，至湖北之荆州，得升潼关观察之信⑦，遂留余与其嗣君敦夫眷属等⑧，暂寓荆州，琢堂轻骑减从，至重庆度岁，遂由成都历栈道之任。丙寅二月⑨，川眷始由水路往，至樊城登陆⑩，途长费巨，车重人多，毙马折轮，备尝辛苦。抵潼关甫三月，琢堂又升山左廉访⑪，清风两袖，眷属不能偕行，暂借潼川书院作寓。十月秒，始支山左廉俸，专人接眷，附有青君之书，骇悉逢森于四月间夭亡，始忆前之送余堕泪者，盖父子永诀也。呜呼！芸仅一子，不得延其嗣续耶！琢堂闻之，亦为之浩叹，赠余一妾，重入春梦。从此扰扰攘攘，又不知梦醒何时耳。

　　①　乙丑：嘉庆十年(1805)。

　　②　庚戌：乾隆五十五年(1790)。　殿元：状元别称，因其为殿试一甲第一名而得名。

　　③　守：太守。此为知府别称。

　　④　白莲教：混合佛教、明教、弥勒教等内容的秘密宗教组织。嘉庆元年到十年(1796—1805)，川、楚、陕有白莲教大起义。

　　⑤　妹倩：妹夫。

⑥ 京口:故址在今江苏镇江。

⑦ 观察:清代道员的俗称。

⑧ 嗣君:原指继位的国君,后以之称太子,又引申尊称人的长子。此指石琢堂之长子。

⑨ 丙寅:嘉庆十一年(1806)。

⑩ 樊城:今湖北襄樊。

⑪ 山左廉访:山东巡按。

卷四　浪　游　记　快

　　余游幕三十年来，天下所未到者，蜀中、黔中与滇南耳，惜乎轮蹄征逐处处随人，山水怡情云烟过眼，不过领略其大概，不能探僻寻幽也。余凡事喜独出己见，不屑随人是非，即论诗品画，莫不存人珍我弃、人弃我取之意。故名胜所在贵乎心得，有名胜而不觉其佳者，有非名胜而自以为妙者，聊以平生所历者记之。

　　余年十五时，吾父稼夫公馆于山阴赵明府幕中①，有赵省斋先生名传者，杭之宿儒也，赵明府延教其子，吾父命余亦拜投门下。暇日出游，得至吼山②，离城约十余里，不通陆路。近山见一石洞，上有片石横裂欲堕，即从其下荡舟入，豁然空其中，四面皆峭壁，俗名之曰水园。临流建石阁五椽，对面石壁有"观鱼跃"三字。水深不测，相传有巨鳞潜伏。余投饵试之，仅见不盈尺者出而唼食焉。阁后有道通旱园，拳石乱矗，有横阔如掌者，有柱石平其顶而上加大石者，凿痕犹在，一无可取。游览既毕，宴于水阁，命从者放爆竹，轰然一响，万山齐应，如闻霹雳声。此幼时快游之始。惜乎兰亭、禹陵未能一到③，至今以为憾。

　　①　山阴：今浙江绍兴。　明府：对县令的尊称。

　　②　吼山：在绍兴东，相传春秋时越国大夫范蠡为复兴社稷，于此山养狗、猎鹿，以献吴王，因名狗山，日久讹为吼山。

③ 兰亭:在绍兴西南兰渚山下。晋王羲之曾与四十一位名士在此会饮,作《兰亭序》记之。 禹陵:夏禹的陵墓,在绍兴会稽山上。相传禹南巡至会稽而亡。

至山阴之明年,先生以亲老不远游,设帐于家。余遂从至杭,西湖之胜因得畅游。结构之妙,予以龙井为最①,小有天园次之。石取天竺之飞来峰②,城隍山之瑞石古洞。水取玉泉③,以水清多鱼,有活泼趣也。大约至不堪者,葛岭之玛瑙寺④。其余湖心亭、六一泉诸景⑤,各有妙处,不能尽述;然皆不脱脂粉气,反不如小静室之幽僻,雅近天然。苏小墓在西泠桥侧⑥,土人指示,初仅半丘黄土而已。乾隆庚子⑦,圣驾南巡曾一询及。甲辰春⑧,复举南巡盛典,则苏小墓已石筑其坟,作八角形,上立一碑,大书曰"钱塘苏小小之墓"。从此吊古骚人,不须徘徊探访矣! 余思古来烈魄贞魂埋没不传者,固不可胜数,即传而不久者亦不为少;小小一名妓耳,自南齐至今,尽人而知之,此殆灵气所锺,为湖山点缀耶? 桥北数武有崇文书院⑨,余曾与同学赵缉之投考其中。时值长夏,起极早,出钱塘门,过昭庆寺,上断桥⑩,坐石阑上。旭日将升,朝霞映于柳外,尽态极妍。白莲香里,清风徐来,令人心骨皆清。步至书院,题犹未出也。午后缴卷。偕缉之纳凉于紫云洞,大可容数十人,石窍上透日光。有人设短几矮凳,卖酒于此。解衣小酌,尝鹿脯甚妙,佐以鲜菱雪藕。微酣,出洞。缉之曰:"上有朝阳台,颇高旷,盍往一游?"余亦兴发,奋勇登其巅,觉西湖如镜,杭城如丸,钱塘江如带,极目可数百里,此生平第一大观也。坐良久,阳乌将落,相携下山,南屏晚钟动矣⑪。韬光、云栖路远未到⑫。其红门局之梅花⑬,姑姑庙之铁树,不过尔尔。
紫阳洞予以为必可观,而访寻得之,洞口仅容一指,涓涓流水
而已。相传中有洞天,恨不能抉门而入。

　　① 龙井:在杭州西湖西南风篁岭上,以产茶著名。

　　② 天竺:山名,在杭州西面。　飞来峰:又称"灵鹫峰",相传此山
很像天竺国的灵鹫山,不知何以飞来,故名。

　　③ 玉泉:在西湖西北玉泉山麓。

　　④ 葛岭:在西湖北面,相传晋人葛洪曾在此炼丹,故名。

　　⑤ 湖心亭:在西湖中。　六一泉:在孤山下,因欧阳修(号六一)
曾在此居住而名。

　　⑥ 苏小:苏小小,南齐钱塘著名歌妓。　西泠桥:在孤山与苏堤
之间。

　　⑦ 庚子:乾隆四十五年(1780)。

　　⑧ 甲辰:乾隆四十九年(1784)。

　　⑨ 数武:数步。　书院:古代私人或官府讲学之所,一般选山林
名胜之地为院址。清代书院多数成为准备科举的场所或学校。

　　⑩ 断桥:在西湖白堤上。"断桥残雪"为西湖十景之一。

　　⑪ 南屏晚钟:南屏山在西湖南,有净慈寺。"南屏晚钟"亦为西湖
十景之一。

　　⑫ 韬光:在杭州北高峰南、灵隐寺西北的巢枸坞,因唐代高僧韬
光在此结庵说法得名。　云栖:杭州五云山之西的山坞内,相传古时因
有五色彩云飞集坞中而得名。

　　⑬ 红门局:西湖景点之一。

　　清明日,先生春祭扫墓,挈余同游。墓在东岳。是乡多
竹,坟丁掘未出土之毛笋,形如梨而尖,作羹供客。余甘之,尽

其两碗。先生曰:"噫! 是虽味美而克心血,宜多食肉以解之。"余素不贪屠门之嚼[①],至是饭量且因笋而减。归途觉烦躁,唇舌几裂。过石屋洞不甚可观。水乐洞峭壁多藤萝,入洞如斗室,有泉流甚急,其声琅琅。池广仅三尺,深五寸许,不溢亦不竭。余俯流就饮,烦躁顿解。洞外二小亭,坐其中可听泉声。衲子请观万年缸[②]。缸在香积厨,形甚巨,以竹引泉灌其内,听其满溢,年久结苔厚尺许。冬日不冰,故不损也。

① 屠门之嚼:指吃肉。

② 衲子:僧徒。因僧服常用许多碎布补缀而成,故名。

辛丑秋八月[①],吾父病疟返里,寒索火,热索冰。余谏不听,竟转伤寒,病势日重。余侍奉汤药,昼夜不交睫者几一月。吾妇芸娘亦大病,恹恹在床。心境恶劣,莫可名状。吾父呼余嘱之曰:"我病恐不起。汝守数本书,终非糊口计。我托汝于盟弟蒋思斋,仍继吾业可耳。"越日思斋来,即于榻前命拜为师。未几,得名医徐观莲先生诊治,父病渐痊;芸亦得徐力起床。而余则从此习幕矣。此非快事,何记于此? 曰:此抛书浪游之始,故记之。

① 辛丑:乾隆四十六年(1781)。

思斋先生名襄。是年冬,即相随习幕于奉贤官舍。有同习幕者,顾姓名金鉴,字鸿干,号紫霞,亦苏州人也,为人慷慨

刚毅，直谅不阿。长余一岁，呼之为兄。鸿干即毅然呼余为
弟，倾心相友。此余第一知己交也。惜以二十二岁卒，余即落
落寡交。今年且四十有六矣，茫茫沧海，不知此生再遇知己如
鸿干者否？忆与鸿干订交，襟怀高旷，时兴山居之想。重九
日，余与鸿干俱在苏。有前辈王小侠与吾父稼夫公唤女伶演
剧，宴客吾家。余患其扰，先一日约鸿干赴寒山登高①，借访
他日结庐之地。芸为整理小酒榼。越日天将晓，鸿干已登门
相邀，遂携榼出胥门②，入面肆，各饱食。渡胥江③，步至横塘
枣市桥④，雇一叶扁舟，到山日犹未午。舟子颇循良，令其粜
米煮饭。余两人上岸，先至中峰寺。寺在支硎古刹之南⑤，循
道而上。寺藏深树，山门寂静，地僻僧闲，见余两人不衫不履，
不甚接待。余等志不在此，未深入。归舟饭已熟。饭毕，舟子
携榼相随，嘱其子守船。由寒山至高义园之白云精舍。轩临
峭壁，下凿小池，围以石栏，一泓秋水。崖悬薜荔，墙积莓苔。
坐轩下，惟闻落叶萧萧，悄无人迹。出门有一亭，嘱舟子坐此
相候。余两人从石罅中入，名一线天，循级盘旋，直造其巅，曰
"上白云"。有庵已坍颓，存一危楼，仅可远眺。小憩片刻，即
相扶而下。舟子曰："登高忘携酒榼矣。"鸿干曰："我等之游欲
觅偕隐地耳，非专为登高也。"舟子曰："离此南行二三里，有上
沙村，多人家，有隙地。我有表戚范姓居是村，盍往一游？"余
喜曰："此明末徐俟斋先生隐居处也⑥。有园闻极幽雅，从未
一游。"于是舟子导往。村在两山夹道中。园依山而无石，老
树多极纡回盘郁之势。亭榭窗栏尽从朴素，竹篱茆舍，不愧隐
者之居。中有皂荚亭，树大可两抱。余所历园亭，此为第一。
园左有山，俗呼鸡笼山，山峰直竖，上加大石，如杭城之瑞石古
洞，而不及其玲珑。旁一青石如榻，鸿干卧其上曰："此处仰观

峰岭,俯视园亭,既旷且幽,可以开樽矣。"因拉舟子同饮,或歌或啸,大畅胸怀。土人知余等觅地而来,误以为堪舆⑦,以某处有好风水相告。鸿干曰:"但期合意,不论风水。"(岂意竟成谶语)⑧! 酒瓶既罄,各采野菊插满两鬓。归舟日已将没,更许抵家,客犹未散。芸私告余曰:"女伶中有兰官者,端庄可取。"余假传母命呼之入内,握其腕而睨之,果丰颐白腻。余顾芸曰:"美则美矣,终嫌名不称实。"芸曰:"肥者有福相。"余曰:"马嵬之祸⑨,玉环之福安在?"芸以他辞遣之出,谓余曰:"今日君又大醉耶?"余乃历述所游,芸亦神往者久之。

① 寒山:在苏州西,上有寒山寺。

② 胥门:苏州城西南门。

③ 胥江:苏州西城墙外的河。

④ 横塘:在吴县西南,为经贯南北之大塘,旧时有横塘桥,上有亭,颜曰"横塘古渡"。

⑤ 支硎古刹:支硎山上的古寺庙。支硎山,在苏州西,晋代高僧支遁曾隐于此山,山有平石如硎(磨刀石),故名。

⑥ 徐俟斋:徐枋(1622—1694),字昭法,号俟斋,明末举人。明亡后隐居不仕,工书画,善诗文。

⑦ 堪舆:造宅相地,察看风水。

⑧ 谶语:将来会应验的话。因顾鸿干二十二岁而卒,故有此语。

⑨ 马嵬之祸:杨贵妃名玉环,体丰腴,最后却死于马嵬坡军变中。

癸卯春①,余从思斋先生就维扬之聘②,始见金、焦面目③。金山宜远观,焦山宜近视,惜余往来其间未尝登眺。渡江而北,渔洋所谓"绿杨城郭是扬州"一语④,已活现矣。平山堂离城约三四里⑤，行其途有八九里。虽全是人工，而奇思幻想，点缀天然，即阆苑瑶池，琼楼玉宇，谅不过此。其妙处在十馀家之园亭合而为一，联络至山，气势俱贯。其最难位置处，出城入景，有一里许紧沿城郭。夫城缀于旷远重山间，方可入画。园林有此，蠢笨绝伦。而观其或亭或台，或墙或石，或竹或树，半隐半露间，使游人不觉其触目；此非胸有丘壑者断难下手。城尽以虹园为首。折而向北，有石梁，曰"虹桥"。不知园以桥名乎？桥以园名乎？荡舟过，曰"长堤春柳"。此景不缀城脚而缀于此，更见布置之妙。再折而西，垒土立庙，曰"小金山"。有此一挡便觉气势紧凑，亦非俗笔。闻此地本沙土，屡筑不成，用木排若干，层叠加土，费数万金乃成。若非商家，乌能如是？过此有胜概楼，年年观竞渡于此，河面较宽。南北跨一莲花桥。桥门通八面，桥面设五亭，扬人呼为"四盘一暖锅"。此思穷力竭之为，不甚可取。桥南有莲心寺。寺中突起喇嘛白塔，金顶缨络，高矗云霄，殿角红墙松柏掩映，钟磬时闻；此天下园亭所未有者。过桥见三层高阁，画栋飞檐，五彩绚烂，叠以太湖石，围以白石栏，名曰"五云多处"；如作文中间之大结构也。过此名"蜀岗朝旭"，平坦无奇，且属附会。将及山，河面渐束，堆土植竹树，作四五曲；似已山穷水尽，而忽豁然开朗，平山之万松林已列于前矣。平山堂为欧阳文忠公所书。所谓淮东第五泉，真者在假山石洞中，不过一井耳，味与天泉同；其荷亭中之六孔铁井栏者，乃系假设，水不堪饮。九峰园另在南门幽静处，别饶天趣；余以为诸园之冠。康山未到，不识如何。此皆言其大概。其工巧处，精美处，不能尽述。大约宜以艳妆美人目之，不可作浣纱溪上观也⑥。余适恭逢南巡盛典⑦，各工告竣，敬演接驾点缀，因得畅其大观，亦人生难遇者也。

    ① 癸卯:乾隆四十八年(1783)。

    ② 维扬:扬州别称。

    ③ 金:金山,在镇江西北。 焦:焦山,在镇江东北,屹立长江中,与金山对峙,并称金、焦。

    ④ "绿杨城郭是扬州":语出清代诗人王士禛(号渔洋山人)《浣溪沙》词。

    ⑤ 平山堂:在扬州西北蜀岗法净寺内,北宋欧阳修任知州时修建。

    ⑥ "不可"句:说瘦西湖和平山堂只能算艳妆美人,不能和自然之美人西施相比。浣纱溪,在浙江绍兴南若耶山下,相传西施曾浣纱于此。

    ⑦ 南巡盛典:指清高宗于乾隆四十九年(1784)南巡事。

    甲辰之春,余随侍吾父于吴江何明府幕中①,与山阴章蘋江、武林章映牧、苕溪顾蔼泉诸公同事,恭办南斗圩行宫,得第二次瞻仰天颜。一日,天将晚矣,忽动归兴。有办差小快船,双橹两桨,于太湖飞棹疾驰,吴俗呼为"出水鲇头",转瞬已至吴门桥;即跨鹤腾空,无此神爽。抵家,晚餐未熟也。吾乡素尚繁华,至此日之争奇夺胜,较昔尤奢。灯彩眩眸,笙歌聒耳,古人所谓"画栋雕甍"、"珠帘绣幕"、"玉栏干"、"锦步障"②,不啻过之。余为友人东拉西扯,助其插花结彩。闲则呼朋引类,剧饮狂歌,畅怀游览。少年豪兴,不倦不疲。苟生于盛世而仍居僻壤,安得此游观哉!

① 明府:对知府的尊称。
② 锦步障:锦制的遮避风尘或障蔽内外的屏幕。

　　是年,何明府因事被议,吾父即就海宁王明府之聘①。嘉兴有刘蕙阶者,长斋佞佛,来拜吾父。其家在烟雨楼侧,一阁临河,曰"水月居",其诵经处也,洁净如僧舍。烟雨楼在镜湖之中②,四岸皆绿杨,惜无多竹,有平台可远眺。渔舟星列,漠漠平波,似宜月夜。衲子备素斋甚佳。至海宁,与白门史心月、山阴俞午桥同事③。心月一子名烛衡,澄静缄默,彬彬儒雅,与余莫逆;此生平第二知心交也,惜萍水相逢,聚首无多日耳。游陈氏安澜园,地占百亩,重楼复阁,夹道回廊。池甚广,桥作六曲形,石满藤萝凿痕全掩,古木千章皆有参天之势,鸟啼花落如入深山。此人工而归于天然者,余所历平地之假石园亭,此为第一。曾于桂花楼中张宴,诸味尽为花气所夺,维酱姜味不变。姜桂之性老而愈辣,以喻忠节之臣,洵不虚也。出南门,即大海。一日两潮,如万丈银堤破海而过。船有迎潮者,潮至,反棹相向。于船头设一木招,状如长柄大刀。招一捺,潮即分破,船即随招而入。俄顷始浮起,拨转船头随潮而去,顷刻百里。塘上有塔院,中秋夜曾随吾父观潮于此。循塘东约三十里,名尖山,一峰突起扑入海中。山顶有阁,扁曰"海阔天空",一望无际,但见怒涛接天而已。

① 海宁:县名,在浙江北部,亦称盐官。
② 镜湖:又名鉴湖,在绍兴会稽山北麓。
③ 白门:金陵别称,今南京。

　　余年二十有五,应徽州绩溪克明府之招①。由武林下"江山船",过富春山②,登子陵钓台③。台在山腰,一峰突起,离水十馀丈,岂汉时之水竟与峰齐耶?月夜泊界口④,有巡检署⑤。山高月小,水落石出⑥,此景宛然。黄山仅见其脚,惜未一瞻面目。绩溪城处于万山之中,弹丸小邑,民情淳朴。近城有石镜山。由山弯中曲折一里许,悬崖急湍湿翠欲滴,渐高,至山腰,有一方石亭,四面皆陡壁。亭左石削如屏,青色,光润可鉴人形。俗传能照前生;黄巢至此⑦,照为猿猴形,纵火焚之,故不复现。离城十里有火云洞天,石纹盘结,凹凸巉岩,如黄鹤山樵笔意⑧,而杂乱无章。洞石皆深绛色。旁有一庵,甚幽静。盐商程虚谷曾招游,设宴于此。席中有肉馒头,小沙弥眈眈旁视⑨,授以四枚。临行以番银二圆为酬⑩,山僧不识,推不受。告以一枚可易青钱七百馀文。僧以近无易处,仍不受。乃攒凑青蚨六百文付之,始欣然作谢。他日余邀同人携榼再往。老僧嘱曰:"曩者小徒不知食何物而腹泻,今勿再与。"可知藜藿之腹不受肉味⑪,良可叹也。余谓同人曰:"作和尚者必居此等僻地,终身不见不闻,或可修真养静。若吾乡之虎邱山,终日目所见者妖童艳妓,耳所听者弦索笙歌,鼻所闻者佳肴美酒,安得身如枯木,心如死灰哉!"

　　①　徽州:辖境在今安徽省。　绩溪:县名,在安徽东南,辖境属徽州。

　　②　富春山:在浙江桐庐县西。

　　③　子陵钓台:相传东汉名士严光(字子陵)隐居富春山时,曾在此垂钓。

　　④　界口:浙江、安徽交界处。

⑤　巡检：负责地方治安。

⑥　"山高"两句：为苏轼《后赤壁赋》中语，故下文云"此景宛然"。

⑦　黄巢(？—884)：唐末农民起义军领袖。

⑧　黄鹤山樵：元代画家王蒙(1308—1385)，字叔明，自号黄鹤山樵，湖州人，善画山水。

⑨　小沙弥：小和尚。

⑩　番银：银圆最初从外国传入，故穷乡僻壤中的僧人不认识。

⑪　藜藿：两种野菜。

　　又去城三十里，名曰仁里，有花果会，十二年一举，每举各出盆花为赛。余在绩溪适逢其会，欣然欲往，苦无轿马，乃教以断竹为杠，缚椅为轿，雇人肩之而去。同游者唯同事许策廷，见者无不讶笑。至其地，有庙，不知供何神。庙前旷处高搭戏台，画梁方柱，极其巍焕，近视则纸扎彩画，抹以油漆者。锣声忽至，四人抬对烛大如断柱，八人抬一猪大若牯牛，盖公养十二年始宰以献神。策廷笑曰："猪固寿长，神亦齿利；我若为神，乌能享此？"余曰："亦足见其愚诚也。"入庙，殿廊轩院所设花果盆玩，并不剪枝拗节，尽以苍老古怪为佳，大半皆黄山松。既而开场演剧，人如潮涌而至，余与策廷遂避去。未两载，余与同事不合，拂衣归里。

　　余自绩溪之游，见热闹场中卑鄙之状不堪入目，因易儒为贾。余有姑丈袁万九，在盘溪之仙人塘作酿酒生涯。余与施心耕附资合伙。袁酒本海贩，不一载，值台湾林爽文之乱①，海道阻隔，货积本折。不得已，仍为冯妇②。馆江北四年，一无快游可记。迨居萧爽楼，正作烟火神仙。有表妹倩徐秀峰自粤东归③,见余闲居,慨然曰:"足下待露而爨,笔耕而炊,终非久计。盍偕我作岭南游? 当不仅获蝇头利也。"芸亦劝余曰:"乘此老亲尚健,子尚壮年,与其商柴计米而寻欢,不如一劳而永逸。"余乃商诸交游者,集资作本。芸亦自办绣货,及岭南所无之苏酒醉蟹等物,禀知堂上,于小春十日④,偕秀峰由东坝出芜湖口。长江初历,大畅襟怀。每晚,舟泊后,必小酌船头。见捕鱼者罾幂不满三尺⑤,孔大约有四寸,铁箍四角似取易沉。余笑曰:"圣人之教,虽曰'罟不用数',而如此之大孔小罾,焉能有获?"秀峰曰:"此专为网鳊鱼设也。"见其系以长绠,忽起忽落,似探鱼之有无。未几,急挽出水,已有鳊鱼枷罾孔而起矣。余始喟然曰:"可知一己之见,未可测其奥妙!"一日,见江心中一峰突起,四无依倚。秀峰曰:"此小孤山也⑥。"霜林中,殿阁参差,乘风径过,惜未一游。

① 林爽文(? —1788):清台湾农民起义领袖。乾隆五十一年(1786),清政府镇压天地会,他率众起义,攻克彰化,建立政权,后兵败被俘,五十三年就义于北京。

② 冯妇:春秋晋人,善搏虎,后成为读书人,偶尔看到虎,又情不自禁地去搏虎。后喻重操旧业。

③ 表妹倩:表妹夫。

④ 小春:阴历十月。

⑤ 罾幂(zēng mì):鱼网。

⑥ 小孤山:俗名髻山,在江西彭泽北大江中。

至滕王阁①,犹吾苏府学之尊经阁移于胥门之大马头,王子安序中所云不足信也②。即于阁下换高尾昂首船,名"三板子", 由赣关至南安登陆③。值余三十诞辰, 秀峰备面为寿。
越日过大庾岭④, 山巅一亭, 匾曰"举头日近", 言其高也。山
头分为二。两边峭壁, 中留一道如石巷。口列两碑: 一曰"急
流勇退", 一曰"得意不可再往"。山顶有梅将军祠, 未考为何
朝人。所谓岭上梅花, 并无一树, 意者以梅将军, 得名梅岭耶?
余所带送礼盆梅, 至此将交腊月, 已花落而叶黄矣。过岭出
口, 山川风物, 便觉顿殊。岭西一山, 石窍玲珑, 已忘其名, 舆
夫曰: "中有仙人床榻。"匆匆竟过, 以未得游为怅。至南雄⑤,
雇老龙船。过佛山镇⑥, 见人家墙顶多列盆花, 叶如冬青, 花
如牡丹, 有大红、粉白、粉红三种, 盖山茶花也。腊月望⑦, 始
抵省城, 寓靖海门内⑧, 赁王姓临街楼层三椽。秀峰货物皆销
与当道, 余亦随其开单拜客, 即有配礼者, 络绎取货, 不旬日而
余物已尽。除夕蚊声如雷。岁朝贺节, 有棉袍纱套者, 不维气
候迥别, 即土著人物, 同一五官而神情迥异。

① 滕王阁: 在江西南昌赣江边, 唐显庆四年(659), 唐太宗之弟、
滕王李元婴都督洪州时营建, 阁以其封号命名。

② 王子安序: 指王勃《滕王阁序》。王勃(650—676), 字子安, 唐代
文学家, 为"初唐四杰"之一。

③ 赣关: 在江西赣县。

④ 大庾岭: 五岭之一, 在江西、广东交界处, 古称塞上, 又名梅岭,
相传汉武帝时, 有庾姓将军筑城岭下, 故名。

⑤ 南雄: 县名, 在广东与江西交界处, 今属广东省。

⑥ 佛山镇: 在今广东佛山。相传唐在此掘得佛像, 故名。

⑦ 腊月望: 阴历十二月十五日。

⑧ 靖海门: 广州城门。

正月既望，有署中同乡三友拉余游河观妓，名曰"打水围"。妓名"老举"。于是同出靖海门，下小艇，如剖分之半蛋而加篷焉。先至沙面①，妓船名"花艇"，皆对头分排，中留水巷以通小艇往来。每帮约一二十号，横木绑定，以防海风。两船之间钉以木桩，套以藤圈，以便随潮长落。鸨儿呼为"梳头婆"，头用银丝为架，高约四寸许，空其中而蟠发于外，以长耳挖插一朵花于鬓，身披元青短袄，著元青长裤，管拖脚背，腰束汗巾或红或绿，赤足撒鞋，式如梨园旦脚；登其艇即躬身笑迎，搴帏入舱。旁列椅杌，中设大炕，一门通艄后。妇呼有客，即闻履声杂沓而出；有挽髻者，有盘辫者；傅粉如粉墙，搽脂如榴火，或红袄绿裤，或绿袄红裤；有著短袜而撮绣花蝴蝶履者，有赤足而套银脚镯者；或蹲于炕，或倚于门，双瞳闪闪，一言不发。余顾秀峰曰："此何为者也？"秀峰曰："目成之后，招之始相就耳。"余试招之，果即欢容至前，袖出槟榔为敬②。入口大嚼，涩不可耐，急吐之，以纸擦唇，其吐如血。合艇皆大笑。又至军工厂，妆束亦相等，维长幼皆能琵琶而已。与之言，对曰："哋？"哋者，"何"也。余曰："少不入广者，以其销魂耳，若此野妆蛮语，谁为动心哉！"一友曰："潮帮妆束如仙，可往一游。"至其帮，排舟亦如沙面。有著名鸨儿素娘者，妆束如花鼓妇。其粉头衣皆长领，颈套项锁，前发齐眉，后发垂肩，中挽一鬏似丫髻，裹足者著裙，不裹足者短袜，亦著蝴蝶履，长拖裤管，语音可辨；而余终嫌为异服，兴趣索然。秀峰曰："靖海门对渡有扬帮，皆吴妆。君往，必有合意者。"一友曰："所谓扬帮者，仅一鸨儿，呼曰'邵寡妇'，携一媳曰大姑，系来自扬州；馀皆湖广江西人也。"因至扬帮，对面两排仅十馀艇。其中人物皆云鬟雾鬓，脂粉薄施，阔袖长裙，语音了了。所谓邵寡妇者，殷勤相接。遂有一友另唤酒船,大者曰"恒艕",小者曰"沙姑艇",作东道相邀,请余择妓。余择一雏年者,身材状貌有类余妇芸娘,而足极尖细,名喜儿。秀峰唤一妓名翠姑。余皆各有旧交。放艇中流,开怀畅饮,至更许;余恐不能自持,坚欲回寓,而城已下钥久矣。盖海疆之城,日落即闭,余不知也。及终席,有卧而吃鸦片烟者,有拥妓而调笑者,伻头各送衾枕至,行将连床开铺。余暗询喜儿:"汝本艇可卧否?"对曰:"有寮可居,未知有客否也。"(寮者,船顶之楼。)余曰:"姑往探之。"招小艇渡至邵船,但见合帮灯火相对如长廊。寮适无客。鸨儿笑迎,曰:"我知今日贵客来,故留寮以相待也。"余笑曰:"姥真荷叶下仙人哉!"遂有伻头移烛相引,由舱后,梯而登,宛如斗室,旁一长榻,几案俱备。揭帘再进,即在头舱之顶,床亦旁设,中间方窗嵌以玻璃,不火而光满一室,盖对船之灯光也。衾帐镜奁,颇极华美。喜儿曰:"从台可以望月。"即在梯门之上,叠开一窗,蛇行而出,即后梢之顶也。三面皆设短栏,一轮明月,水阔天空。纵横如乱叶浮水者,酒船也;闪烁如繁星列天者,酒船之灯也;更有小艇梳织往来,笙歌弦索之声杂以长潮之沸,令人情为之移。余曰:"'少不入广',当在斯矣!"惜余妇芸娘不能偕游至此。回顾喜儿,月下依稀相似,因挽之下台,息烛而卧。天将晓,秀峰等已哄然至。余披衣起迎,皆责以昨晚之逃。余曰:"无他,恐公等掀衾揭帐耳。"遂同归寓。

①　沙面:在今广州珠江边,原为一片沙滩,经人工填修后成为一个椭圆形小岛。明代时为管理外商入口的要津,清代为城防重地。

②　槟榔:南方的一种植物种子,果实椭圆形,橙红色,果皮厚,内含种子,供食用。古代风俗,以槟榔为男女相悦的信物。

越数日,偕秀峰游海珠寺。寺在水中,围墙若城四周。离水五尺许,有洞,设大炮以防海寇。潮长潮落,随水浮沉,不觉炮门之或高或下,亦物理之不可测者。十三洋行在幽兰门之西①,结构与洋画同。对渡名花地,花木甚繁,广州卖花处也。余自以为无花不识,至此仅识十之六七,询其名,有《群芳谱》所未载者②,或土音之不同欤?海幢寺规模极大。山门内植榕树,大可十余抱,阴浓如盖,秋冬不凋。柱槛窗栏皆以铁梨木为之。有菩提树,其叶似柿,浸水去皮,肉筋细如蝉翼纱,可裱小册写经。归途访喜儿于花艇,适翠、喜二妓俱无客。茶罢欲行,挽留再三。余所属意在寮,而其媳大姑已有酒客在上。因谓邵鸨儿曰:"若可同往寓中,则不妨一叙。"邵曰:"可。"秀峰先归,嘱从者整理酒肴。余携翠喜至寓。正谈笑间,适郡署王懋老不期而来,挽之同饮。酒将沾唇,忽闻楼下人声嘈杂,似有上楼之势。盖房东一侄素无赖,知余招妓,故引人图诈耳。秀峰怨曰:"此皆三白一时高兴,不合我亦从之。"余曰:"事已至此,应速思退兵之计,非斗口时也。"懋老曰:"我当先下说之。"余念唤仆速雇两轿,先脱两妓,再图出城之策。闻懋老说之不退,亦不上楼。两轿已备,余仆手足颇捷,令其向前开路。秀挽翠姑继之,余挽喜儿于后,一哄而下。秀峰、翠姑得仆力,已出门去。喜儿为横手所拿。余急起腿中其臂,手一松而喜儿脱去,余亦乘势脱身出。余仆犹守于门,以防追抢。急问之曰:"见喜儿否?"仆曰:"翠姑已乘轿去。喜娘但见其出,未见其乘轿也。"余急燃炬,见空轿犹在路旁。急追至靖海门,见秀峰侍翠轿而立。又问之,对曰:"或应投东,而反奔西矣。"急反身过寓十余家,闻暗处有唤余者,烛之,喜儿也;遂纳之轿,肩而行。秀峰亦奔至,曰:"幽兰门有水窦可出,已托人贿之启钥。翠姑去矣，喜儿速往！"余曰："君速回寓退兵，翠喜交我。"至水窦边，果已启钥，翠先在。余遂左掖喜，右挽翠，折腰鹤步，踉跄出窦。天适微雨，路滑如油。至河干沙面，笙歌正盛。小艇有识翠姑者，招呼登舟。始见喜儿首如飞蓬，钗环俱无有。余曰："被抢去耶？"喜儿笑曰："闻此皆赤金，阿母物也。妾于下楼时已除去，藏于囊中。若被抢去，累君赔偿耶。"余闻言，心甚德之；令其重整钗环，勿告阿母，托言寓所人杂，故仍归舟耳。翠姑如言告母，并曰："酒菜已饱，备粥可也。"时寮上酒客已去，邵鸨儿命翠亦陪余登寮。见两对绣鞋泥污已透。三人共粥，聊以充饥。剪烛絮谈，始悉翠籍湖南；喜亦豫产，本姓欧阳，父亡母醮，为恶叔所卖。翠姑告以迎新送旧之苦，心不欢必强笑，酒不胜必强饮，身不快必强陪，喉不爽必强歌；更有乖张其性者，稍不合意，即掷酒翻案大声辱骂，假母不察，反言接待不周；又有恶客彻夜蹂躏，不堪其扰。喜儿年轻初到，母犹惜之。不觉泪随言落。喜儿亦默然涕泣。余乃挽喜入怀，抚慰之。嘱翠姑卧于外榻，盖因秀峰交也。自此或十日或五日，必遣人来招。喜或自放小艇，亲至河干迎接。余每去，必偕秀峰，不邀他客，不另放艇。一夕之欢，番银四圆而已。秀峰今翠明红，俗谓之跳槽，甚至一招两妓。余则惟喜儿一人。偶独往，或小酌于平台，或清谈于寮内，不令唱歌，不强多饮，温存体恤，一艇怡然。邻妓皆羡之。有空闲无客者，知余在寮，必来相访。合帮之妓，无一不识。每上其艇，呼余声不绝。余亦左顾右盼，应接不暇，此虽挥霍万金所不能致者。余四月在彼处，共费百余金，得尝荔枝鲜果，亦生平快事。后鸨儿欲索五百金，强余纳喜。余患其扰，遂图归计。秀峰迷恋于此，因劝其购一妾，仍由原路返吴。明年，秀峰再往，吾父不准偕游,遂就青浦杨明府之聘。及秀峰归,述及喜儿因余不往,几寻短见。噫!"半年一觉扬帮梦,赢得花船薄幸名"矣[3]!

① 十三洋行:鸦片战争前广州官府特许经营对外贸易的商行。乾隆时,与西洋各国贸易限于广州一处,业务更为发达。

② 《群芳谱》:书名,明王象晋撰,记载各种果木花草的形态特征和栽培方法等。

③ "半年"两句:化用唐杜牧的《遣怀》诗:"落魄江湖载酒行,楚腰纤细掌中轻;十年一觉扬州梦,赢得青楼薄幸名。"

余自粤东归来,馆青浦两载,无快游可述。未几,芸、憨相遇,物议沸腾。芸以愤激致病。余与程墨安设一书画铺于家门之侧,聊佐汤药之需。中秋后二日,有吴云客偕毛忆香、王星烂邀余游西山小静室。余适腕底无闲,嘱其先往。吴曰:"子能出城,明午当在山前水踏桥之来鹤庵相候。"余诺之。越日,留程守铺。余独步出阊门,至山前,过水踏桥,循田塍而西,见一庵南向,门带清流。剥啄问之。应曰:"客何来?"余告之。笑曰:"此得云也。客不见匾额乎?来鹤已过矣!"余曰:"自桥至此,未见有庵。"其人回指曰:"客不见土墙中森森多竹者,即是也。"余乃返,至墙下,小门深闭。门隙窥之,短篱曲径,绿竹猗猗,寂不闻人语声。叩之,亦无应者。一人过,曰:"墙穴有石,敲门具也。"余试连击,果有小沙弥出应。余即循径入,过小石桥,向西一折,始见山门,悬黑漆额粉书"来鹤"二字,后有长跋,不暇细观。入门经韦驮殿[1],上下光洁,纤尘不染,知为小静室。忽见左廊又一小沙弥奉壶出。余大声呼问。即闻室内星烂笑曰:"何如? 我谓三白决不失信也。"旋见云客出迎,曰:"候君早膳,何来之迟?"一僧继其后,向余稽首,问知为竹逸和尚。入其室,仅小屋三椽,额曰"桂轩"。庭中双桂盛开。星烂、忆香群起嚷曰:"来迟罚三杯!"席上,荤素精洁,酒则黄白俱备。余问曰:"公等游几处矣?"云客曰:"昨来已晚,今晨仅到得云、河亭耳。"欢饮良久。饭毕,仍自得云、河亭共游八九处,至华山而止,各有佳处,不能尽述。华山之顶有莲花峰,以时欲暮,期以后游。桂花之盛,至此为最。就花下饮,清茗一瓯,即乘山舆,径回来鹤。桂轩之东,另有临洁小阁,已杯盘罗列。竹逸寡言静坐,而好客善饮。始则折桂催花,继则每人一令,二鼓始罢。余曰:"今夜月色甚佳,即此酣卧,未免有负清光。何处得高旷地,一玩月色,庶不虚此良夜也?"竹逸曰:"放鹤亭可登也。"云客曰:"星烂抱得琴来,未闻绝调,到彼一弹何如?"乃偕往,但见木犀香里,一路霜林,月下长空,万籁俱寂。星烂弹《梅花三弄》②,飘飘欲仙。忆香亦兴发,袖出铁笛,呜呜而吹之。云客曰:"今夜石湖看月者③,谁能如吾辈之乐哉?"盖吾苏八月十八日石湖行春桥下,有看串月胜会④,游船排挤,彻夜笙歌,名虽看月,实则挟妓哄饮而已。未几,月落霜寒,兴阑归卧。

　　①　韦驮:佛教守护神之一,亦称韦天将军,韦驮是梵文音译。

　　②　《梅花三弄》:古琴曲,又名《梅花引》、《梅花曲》、《玉妃引》,描写傲霜雪的梅花。全曲主调出现三次,故称"三弄"。

　　③　石湖:苏州的名胜,在苏州盘门外西南十里。宋代范成大曾退居于此,小筑台榭,孝宗书"石湖"两字赐之,因自号石湖。

④　串月胜会：苏州上方山东临石湖，湖中有行春桥(亦名宝带桥)，桥有五十三洞，月光映水，正对环洞，一环一月，连络贯串。旧时民俗于农历八月十八日登山观月，称看串月。

明晨，云客谓众曰："此地有无隐庵，极幽僻，君等有到过者否？"咸对曰："无论未到，并未尝闻也。"竹逸曰："无隐四面皆山，其地甚僻，僧不能久居。向年曾一至，已坍废。自尺木彭居士重修后①，未尝往焉。今犹依稀识之。如欲往游，请为前导。"忆香曰："枵腹去耶？"竹逸笑曰："已备素面矣。再令道人携酒盒相从也。"面毕，步行而往。过高义园，云客欲往白云精舍。入门就坐，一僧徐步出，向云客拱手，曰："违教两月。城中有何新闻？抚军在辕否②？"忆香忽起，曰："秃！"拂袖径出。余与星烂忍笑随之。云客、竹逸酬答数语，亦辞出。高义园即范文正公墓③。白云精舍在其旁。一轩面壁，上悬藤萝，下凿一潭广丈许，一泓清碧，有金鳞游泳其中，名曰"钵盂泉"。竹炉茶灶，位置极幽。轩后于万绿丛中，可瞰范园之概，惜衲子俗，不堪久坐耳。是时由上沙村过鸡笼山，即余与鸿干登高处也。风物依然，鸿干已死，不胜今昔之感。正惆怅间，忽流泉阻路不得进。有三五村童掘菌子于乱草中，探头而笑，似讶多人之至此者。询以无隐路。对曰："前途水大不可行。请返数武，南有小径，度岭可达。"从其言。度岭南行里许，渐觉竹树丛杂，四山环绕，径满绿茵，已无人迹。竹逸徘徊四顾，曰："似在斯而径不可辨，奈何？"余乃蹲身细瞩，于千竿竹中隐隐见乱石墙舍，径拨丛竹间，横穿入觅之，始得一门，曰"无隐禅院，某年月日南园老人彭某重修"。众喜，曰："非君则武陵源矣④！"山门紧闭，敲良久，无应者。忽旁开一门，呀然有声，一鹑衣少年出⑤，面有菜色，足无完履，问曰："客何为者？"竹逸稽首曰："慕此幽静，特来瞻仰。"少年曰："如此穷山，僧散无人接待，请觅他游。"言已，闭门欲进。云客急止之，许以启门放游，必当酬谢。少年笑曰："茶叶俱无，恐慢客耳，岂望酬耶？"山门一启，即见佛面，金光与绿阴相映，庭阶石础苔积如绣。殿后台级如墙，石栏绕之。循台而西，有石形如馒头，高二丈许，细竹环其趾。再西折北，由斜廊蹑级而登。客堂三楹紧对大石。石下凿一小月池，清泉一派，荇藻交横。堂东即正殿。殿左西向为僧房厨灶。殿后临峭壁，树杂阴浓，仰不见天。星烂力疲，就池边小憩。余从之。将启盒小酌，忽闻忆香音在树杪，呼曰："三白速来！此间有妙境。"仰而视之，不见其人，因与星烂循声觅之。由东厢出一小门，折北，有石磴如梯约数十级，于竹坞中瞥见一楼。又梯而上，八窗洞然，额曰"飞云阁"。四山抱列如城，缺西南一角，遥见一水浸天，风帆隐隐，即太湖也。倚窗俯视，风动竹梢如翻麦浪。忆香曰："何如？"余曰："此妙境也。"忽又闻云客于楼西呼曰："忆香速来！此地更有妙境。"因又下楼，折而西，十馀级，忽豁然开朗，平坦如台。度其地，已在殿后峭壁之上，残砖缺础尚存，盖亦昔日之殿基也。周望环山，较阁更畅。忆香对太湖长啸一声，则群山齐应。乃席地开樽，忽愁枵腹。少年欲烹焦饭代茶，随令改茶为粥。邀与同啖，询其何以冷落至此？曰："四无居邻，夜多暴客。积粮时来强窃，即植蔬果亦半为樵子所有。此为崇宁寺下院，长厨中月送饭乾一石，盐菜一坛而已。某为彭姓裔，暂居看守，行将归去，不久当无人迹矣。"云客谢以番银一圆。返至来鹤，买舟而归。余绘《无隐图》一幅，以赠竹逸，志快游也。

① 尺木彭居士:清代学者彭绍升(1740—1796),别号尺木居士,江苏吴县人。

② 抚军:指巡抚。

③ 范文正公:范仲淹(989—1052),北宋文学家、政治家,苏州吴县人,死后谥"文正"。

④ "非君"句:用陶渊明《桃花源记》写渔人再次寻找桃花源而不得。

⑤ 鹑衣:形容衣衫破残。

是年冬,余为友人作中保所累,家庭失欢,寄居锡山华氏。明年春将之维扬,而短于资。有故人韩春泉在上洋幕府①,因往访焉。衣敝履穿,不堪入署,投札约晤于郡庙园亭中。及出见,知余愁苦,慨助十金。园为洋商捐施而成,极为阔大,惜点缀各景杂乱无章,后叠山石亦无起伏照应。归途忽思虞山之胜②,适有便舟附之。时当春仲,桃李争妍,逆旅行踪,苦无伴侣。乃怀青铜三百,信步至虞山书院。墙外仰瞩,见丛树交花,娇红稚绿,傍水依山,极饶幽趣,惜不得其门而入。问途以往,遇设篷瀹茗者,就之。烹碧罗春,饮之极佳。询虞山何处最胜?一游者曰:"从此出西关,近剑门,亦虞山最佳处也。君欲往,请为前导。"余欣然从之。出西门,循山脚,高低约数里,渐见山峰屹立,石作横纹。至则一山中分,两壁凹凸,高数十仞。近而仰视,势将倾堕。其人曰:"相传上有洞府③,多仙景,惜无径可登。"余兴发,挽袖卷衣,猿攀而上,直造其巅。所谓洞府者,深仅丈许,上有石罅,洞然见天。俯首下视,腿软欲堕。乃以腹面壁,依藤附蔓而下。其人叹曰:"壮哉! 游兴之豪，未见有如君者。"余口渴思饮，邀其人就野店沽饮三杯。阳乌将落，未得遍游，拾赭石十馀块怀之归寓。负笈搭夜航至苏，仍返锡山。此余愁苦中之快游也。

①　上洋：上海。

②　虞山：在江苏常熟西北，山形如卧牛，相传西周虞仲葬此，故名。

③　洞府：指神仙所居之地。

　　嘉庆甲子春①，痛遭先君之变，行将弃家远遁。友人夏揖山挽留其家。秋八月，邀余同往东海永泰沙勘收花息，沙隶崇明②。出刘河口，航海百馀里。新涨初辟，尚无街市，茫茫芦荻，绝少人烟。仅有同业丁氏仓房数十椽，四面掘沟河，筑堤栽柳绕于外。丁字实初，家于崇，为一沙之首户。司会计者姓王，俱豪爽好客，不拘礼节，与余乍见，即同故交。宰猪为饷，倾瓮为饮。令则拇战，不知诗文；歌则号呶，不讲音律。酒酣，挥工人舞拳相扑为戏。蓄牡牛百馀头，皆露宿堤上。养鹅为号，以防海贼。日则驱鹰犬猎于芦丛沙渚间，所获多飞禽。余亦从之驰逐，倦则卧。引至园田成熟处，每一字号圈筑高堤，以防潮汛。堤中通有水窦，用闸启闭。旱则涨潮时启闸灌之，潦则落潮时开闸泄之。佃人皆散处如列星，一呼俱集，称业户曰"产主"，唯唯听命，朴诚可爱；而激之非义，则野横过于狼虎，幸一言公平率然拜服。风雨晦明，恍同太古。卧床外瞩即睹洪涛，枕畔潮声如鸣金鼓。一夜，忽见数十里外有红灯大如栲栳③，浮于海中，又见红光烛天，势同失火。宝初曰："此处起现神灯神火,不久又将涨出沙田矣。"揖山兴致素豪,至此益放。余更肆无忌惮,牛背狂歌,沙头醉舞,随其兴之所至,真生平无拘之快游也!事竣,十月始归。

① 甲子:嘉庆九年(1804)。

② 崇明:县名,在今上海北部、长江口崇明岛上,清代属江苏太仓。

③ 栲栳:用竹篾编成的盛器。

吾苏虎邱之胜,余取后山之千顷云一处,次则剑池而已,馀皆半借人工,且为脂粉所污,已失山林本相。即新起之白公祠①、塔影桥,不过留名雅耳。其冶坊滨,余戏改为野芳滨,更不过脂乡粉队,徒形其妖冶而已。其在城中最著名之狮子林,虽曰云林手笔②,且石质玲珑,中多古木;然以大势观之,竟同乱堆煤渣,积以苔藓,穿以蚁穴,全无山林气势。以余管窥所及,不知其妙。灵岩山为吴王馆娃宫故址③,上有西施洞、响屧廊、采香径诸胜④,而其势散漫,旷无收束,不及天平、支硎之别饶幽趣⑤。邓尉山一名玄墓⑥,西背太湖,东对锦峰,丹崖翠阁,望如图画。居人种梅为业,花开数十里,一望如积雪,故名"香雪海"。山之左有古柏四树,名之曰"清"、"奇"、"古"、"怪"。清者一株挺直,茂如翠盖;奇者卧地三曲,形同之字;古者秃顶扁阔,半朽如掌;怪者体似旋螺,枝干皆然,相传汉以前物也。乙丑孟春⑦,揖山尊人莼芗先生借其弟介石率子侄四人,往嵝山家祠春祭,兼扫祖墓,招余同往。顺道先至灵岩山,出虎山桥,由费家河进香雪海观梅。嵝山祠宇即藏于香雪海中。时花正盛,咳吐俱香。余曾为介石画《蟌山风木图》十二册。

① 白公祠:白居易曾任苏州刺史,后人建祠祀之。

② 云林:元末画家倪瓒,号云林,善画山水。

③ 馆娃宫:相传春秋时越王献西施,吴王夫差特在苏州灵岩山上为之建馆娃宫。

④ 响屧廊:在吴王宫中,因穿木屧过廊有声而名。

⑤ 天平:即天平山,在江苏吴县灵岩山北,以枫、泉、石并称三绝。支硎:山名,在苏州西。

⑥ 邓尉山:在苏州西南,因东汉邓尉曾隐居此山,故名。

⑦ 乙丑:嘉庆十年(1805)。

是年九月,余从石琢堂殿撰赴四川重庆府之任。溯长江而上,舟抵皖城①。皖山之麓②,有元季忠臣余公之墓③。墓侧有堂三楹,名曰"大观亭"。面临南湖,背倚潜山。亭在山脊,眺远颇畅。旁有深廊,北窗洞开。时值霜叶初红,烂如桃李。同游者为蒋寿朋、蔡子琴。南城外又有王氏园。其地长于东西,短于南北,盖北紧背城,南则临湖故也。既限于地,颇难位置,而观其结构作重台叠馆之法。重台者,屋上作月台为庭院,叠石栽花于上,使游人不知脚下有屋;盖上叠石者则下实,上庭院者则下虚,故花木仍得地气而生也。叠馆者,楼上作轩,轩上再作平台,上下盘折重叠四层,且有小池,水不漏泄,竟莫测其何虚何实。其立脚全用砖石为之,承重处仿照西洋立柱法。幸面对南湖,目无所阻,骋怀游览胜于平园,真人工之奇绝者也。

① 皖城:在今安徽潜山北。

② 皖山:一名潜山,也称皖公山,在安徽潜山西北。

③ 余公:余阙(1303—1358),元庐州(今安徽合肥)人。至正十三年(1353)出守安庆,在与红巾军相拒数年后,于至正十八年(1358)城破身亡。

武昌黄鹤楼在黄鹄矶上①,后拖黄鹄山②,俗呼为蛇山。楼有三层,画栋飞檐,倚城屹峙,面临汉江,与汉阳晴川阁相对③。余与琢堂冒雪登焉。仰视长空,琼花风舞,遥指银山玉树,恍如身在瑶台。江中往来小艇,纵横掀播,如浪卷残叶,名利之心至此一冷。壁间题咏甚多,不能记忆。但记楹对有云:"何时黄鹤重来,且共倒金樽,浇洲渚千年芳草;但见白云飞去,更谁吹玉笛,落江城五月梅花。"黄州赤壁在府城汉川门外,屹立江滨,截然如壁,石皆绛色故名焉。《水经》谓之赤鼻山④。东坡游此作二赋,指为吴魏交兵处,则非也。壁下已成陆地。上有二赋亭。

① 黄鹤楼:故址在湖北武昌蛇山黄鹄矶头。传说三国时人费文祎曾在此乘黄鹤登仙而去,后人建楼纪念。

② 黄鹄山:黄鹤山别称。

③ 晴川阁:在湖北汉阳龟山东麓禹功矶上,因唐人崔颢"晴川历历汉阳树"诗句得名。

④ 《水经》:我国第一部记述河道水系的专著,北魏郦道元为之作注,有《水经注》传世。

是年仲冬抵荆州①。琢堂得升潼关观察之信②，留余住荆州。余以未得见蜀中山水为怅。时琢堂入川，而哲嗣敦夫眷属③，及蔡子琴、席芝堂俱留于荆州，居刘氏废园④，余记其厅额曰"紫藤红树山房"。庭阶围以石栏，凿方池一亩，池中建一亭，有石桥通焉。亭后筑土垒石，杂树丛生。余多旷地，楼阁俱倾颓矣。客中无事，或吟或啸，或出游，或聚谈。岁暮虽资斧不继，而上下雍雍，典衣沽酒，且置锣鼓敲之。每夜必酌，每酌必令。窘则四两烧刀，亦必大施觥政。遇同乡蔡姓者，蔡子琴与叙宗系，乃其族子也。倩其导游名胜，至府学前之曲江楼。昔张九龄为长史时⑤，赋诗其上。朱子亦有诗曰⑥："相思欲回首，但上曲江楼⑦。"城上又有雄楚楼，五代时高氏所建⑧，规模雄峻，极目可数百里。绕城傍水，尽植垂杨，小舟荡桨往来，颇有画意。荆州府署即关壮缪帅府⑨，仪门内有青石断马槽，相传即赤兔马食槽也。访罗含宅于城西小湖上⑩，不遇；又访宋玉故宅于城北⑪。昔庾信遇侯景之乱⑫，遁归江陵，居宋玉故宅，继改为酒家；今则不可复识矣。是年大除，雪后极寒。献岁发春，无贺年之扰。日惟燃纸炮、放纸鸢、扎纸灯以为乐。既而风传花信，雨濯春尘。琢堂诸姬携其少女幼子顺川流而下。敦夫乃重整行装，合帮而走。由樊城登陆，直赴潼关。

① 荆州：今湖北江陵。

② 潼关：在陕西潼关县北，以潼水得名。为陕西、山西、河南三省要冲，历代皆为军事要地。

③ 哲嗣：旧时称别人之子为哲嗣，即令嗣之意。

④ 刘氏废园：汉末时，刘表曾为荆州牧，后荆州为刘备所据，此指

其遗迹。

⑤　张九龄(678—740)：唐玄宗时大臣、诗人。

⑥　朱子：朱熹(1130—1200)，南宋哲学家、教育家。

⑦　"相思"两句：语出朱熹《迎荆南幕府》诗。

⑧　高氏：指五代南平王高季兴。

⑨　关壮缪：关羽(？—219)，字云长，三国蜀汉大将，曾镇荆州，壮缪为其谥号。

⑩　罗含：晋耒阳(今属湖南)人，为州主簿，致仕还家后，在荆州城西小湖边立茅屋而居，阶前皆种兰。

⑪　宋玉(？—前 223)：辞赋家，战国楚人。

⑫　侯景之乱：侯景(？—552)，南朝梁人。公元 548 年举兵攻破建康，次年攻下台城(宫城)，梁武帝愤恨而死。侯景废梁自立，国号汉，到处焚烧抢掠，最终被梁朝将领击败，逃亡时被部下杀死。史称"侯景之乱"。

由河南阌乡县西出函谷关①，有"紫气东来"四字，即老子乘青牛所过之地②。两山夹道，仅容二马并行。约十里即潼关，左背峭壁，右临黄河。关在山河之间扼喉而起，重楼垒堞极其雄峻，而车马寂然人烟亦稀。昌黎诗曰："日照潼关四扇开"③，殆亦言其冷落耶？城中观察之下，仅一别驾④。道署紧靠北城⑤，后有园圃，横长约三亩。东西凿两池，水从西南墙外而入，东流至两池间，支分三道：一向南，至大厨房，以供日用；一向东，入东池；一向北折西，由石螭口中喷入西池，绕至西北设闸泄泻，由城脚转北，穿窦而出，直下黄河。日夜环流，殊清人耳。竹树阴浓，仰不见天。西池中有亭，藕花绕左右。东有面南书室三间，庭有葡萄架，下设方石，可弈可饮。以外皆菊畦。西有面东轩屋三间，坐其中可听流水声。轩南有小门可通内室。轩北窗下另凿小池。池之北有小庙,祀花神。园正中筑三层楼一座,紧靠北城,高与城齐,俯视城外即黄河也。河之北,山如屏列,已属山西界,真洋洋大观也。余居园南,屋如舟式,庭有土山,上有小亭,登之可览园中之概。绿阴四合,夏无暑气。琢堂为余颜其斋曰"不系之舟"。此余幕游以来,第一好居室也。土山之间,艺菊数十种,惜未及含苞,而琢堂调山左廉访矣,眷属移寓潼川书院⑥,余亦随往院中居焉。琢堂先赴任,余与子琴、芝堂等无事,辄出游。乘骑至华阴庙⑦,过华封里,即尧时三祝处⑧。庙内多秦槐汉柏,大皆三四抱,有槐中抱柏而生者,柏中抱槐而生者。殿廷古碑甚多。内有陈希夷书福寿字⑨。华山之脚,有玉泉院,即希夷先生化形骨蜕处。有石洞如斗室,塑先生卧像于石床。其地水净沙明,草多绛色,泉流甚急,修竹绕之。洞外一方亭,额曰"无忧亭"。旁有古树三株,纹如裂炭,叶似槐而色深,不知其名,土人即呼曰"无忧树"。太华之高不知几千仞⑩,惜未能裹粮往登焉。归途见林柿正黄,就马上摘食之。土人呼止弗听,嚼之涩甚,急吐去。下骑觅泉漱口,始能言。土人大笑。盖柿须摘下,煮一沸始去其涩,余不知也。十月初,琢堂自山东专人来接眷属,遂出潼关,由河南入鲁。

① 阌(wén)乡县:在河南西部,今属灵宝县。　函谷关:在灵宝县南,形势险要,为重要关隘。

② "有紫气"两句:传说老子出函谷关时,关令尹喜见有紫气从东而来,便知将有圣人过关,后老子果然骑着青牛前来,喜便请他写下了《道德经》。后人因以"紫气东来"喻指祥瑞。

③ "日照"句:语出韩愈《次潼关先寄张十二阁老使君》诗,但并非

喻其冷落。

④ 别驾:官名,州刺史的佐吏,亦称别驾从事史。

⑤ 道署:道台官署。

⑥ 潼川:今四川梓潼县。

⑦ 华阴:县名,在陕西东部,县南有西岳华山,为名胜之地。

⑧ 尧时三祝:传说唐尧游于华州时,华地守封疆之人祝其长寿、富有和多男。后因用"华封三祝"、"尧时三祝"为祝颂之辞。

⑨ 陈希夷:陈抟(? —989),五代宋初道士,先后隐居武当山、华山,自号扶摇子。宋太宗赐号希夷先生。

⑩ 太华:即华山。

　　山东济南府城内,西有大明湖。其中有历下亭、水香亭诸胜。夏月柳阴浓处,菡萏香来,载酒泛舟,极有幽趣。余冬日往视,但见衰柳寒烟,一水茫茫而已。趵突泉为济南七十二泉之冠①。泉分三眼,从地底怒涌突起,势如腾沸。凡泉皆从上而下,此独从下而上,亦一奇也。池上有楼供吕祖像②。游者多于此品茶焉。明年二月,余就馆莱阳③。至丁卯秋④,琢堂降官翰林,余亦入都,所谓登州海市竟无从一见⑤。

① 趵(bào)突泉:在山东济南西门桥南,是泺水的源头,泉水向上喷涌高数十厘米。

② 吕祖:吕洞宾,传说中的八仙之一。

③ 莱阳:在山东东部,以产梨著名。

④ 丁卯:嘉庆十二年(1807)。

⑤ 登州海市:登州,州、府名,辖境在今山东蓬莱一带。此地可见渤海群岛倒映的海市蜃楼。

香◇畹◇楼◇忆◇语

[清] 陈裴之

香畹楼忆语

丁丑冬朔①，家大人自崇疆受代归②，筹海积劳，抱恙甚剧。太夫人扶病侍疾，自冬徂春，衣不解带。参朮无灵，群医束手。余时新病甫起，乃泣祷于白莲桥华元化先生祠③，愿减己算④，以益亲年。闺人允庄复于慈云大士前⑤，誓愿长斋绣佛，并偕余日持《观音经》若干卷，奉行众善。乃荷元化先生赐方四十九剂，服之，病始次第愈。自此夫妇异处者四年。允庄方选明诗，复得不寐之疾。左灯右茗，夜手一编，每至晨鸡喔喔，犹未就枕。自虑心耗体羸，不克仰事俯育，常致书其姨母高阳太君、嫂氏中山夫人，为余访置簉室⑥。余坚却之。嗣知吴中湘雨、伫云、兰语楼诸姬，皆有愿为夫子妾之意，历请堂上为余纳之。余固以为不可。盖大人乞禄养亲，怀冰服政⑦，十年之久，未得真除⑧，相依为命者千馀指，待以举火者数十家。重亲在堂，年逾七秩，恒有世途荆棘、宦海波澜之感。余四踏槐花⑨，辄成康了⑩，方思投笔，以替仔肩。"满堂兮美人，独与余兮目成⑪"。射工伺余⑫，固不欲冒此不韪，且绿珠、碧玉⑬，徒侈艳情，温清定省，孰能奉吾老母者？采兰树萱⑭，此事固未容草草也。

① 丁丑：嘉庆二十二年（1817）。

② 家大人：陈裴之的父亲陈文述（1771—1843），字退庵，号云伯，嘉庆举人，官繁昌知县等，曾开伊娄河故道。有《碧城馆诗钞》、《颐道堂

集》等。　受代：旧称官吏去职为受代，意谓受新官的替代。

③　华元化：即华佗(？—208)，东汉末名医，字元化，沛国谯(今安徽亳州)人。

④　己算：自己的寿命。

⑤　允庄：陈裴之的妻子汪端(1793—1838)，字允庄，号小韫，女作家，能诗，有《自然好学斋诗》，编有《明三十家诗选》初、二两集，又有小说《元明佚史》。　慈云大士：观世音菩萨。

⑥　簉(chòu)室：副室，即妾。

⑦　怀冰：比喻谨慎廉介。

⑧　真除：旧时代署权摄的官员实授本职谓真除。

⑨　四踏槐花：指作者四次参加举人考试。古有"槐花黄，举子忙"的说法，故以槐花喻指举人的考试。

⑩　康了：落第的隐语。传说宋秀才柳冕应试，因忌"落"音改安乐为安康，后榜出，仆人报"秀才康了也"。

⑪　"满堂"两句：语出屈原《九歌·少司命》。

⑫　射工：蜮的异名，相传形状如鳖，三足，能含沙射人，致人于病。此喻有人在暗中要中伤他。

⑬　绿珠：西晋石崇爱妾，石崇因她而招祸，绿珠遂坠楼自杀。碧玉：南朝宋汝南王之妾。

⑭　采兰树萱：指生子、养亲。萱，萱草，相传能使人忘忧。

金陵有停云主人者，红妆之季布也①。珍其弱息②，不异掌珠；谬采虚声，愿言倚玉③。申丈白甫暨晴梁太史④，为宣芳悃。余复赋诗谢之曰：

肯向天涯托掌珠，含光佳侠意何如？

桃花扇底人如玉，珍重侯生一纸书⑤。

新柳雏莺最可怜,怕成薄幸杜樊川⑥。
重来纵践看花约,抛掷春光已十年。

生平知己属明妆,争讶吴儿木石肠。
孤负画兰年十五,又传消息到王昌⑦。

催我空江打桨迎,误人从古是浮名。
当筵一唱琴河曲,不解梅村负玉京⑧。

白门杨柳暗栖鸦,别梦何尝到谢家⑨?
惆怅郁金堂外路⑩,西风吹冷白莲花。
此诗流传,为紫姬见之,激扬赞叹。絮果兰因⑪,于兹始茁矣。

①　季布:汉初楚地著名游侠,重信诺,时有"得黄金百斤,不如得
季布一诺"之说,此喻妇女中慷慨仗义之人。
②　弱息:女儿。
③　倚玉:蒹葭倚玉树之意,典出《世说新语·容止》。此用作联姻
的谦词。
④　太史:此指翰林。
⑤　侯生:侯方域(1618—1655),明末清初文学家,复社"四公子"之
一,戏曲《桃花扇》即描写他与秦淮名妓李香君间的悲欢离合。
⑥　杜樊川:唐代诗人杜牧(803—853),因有《樊川集》而称。杜牧
《遣怀》诗有"十年一觉扬州梦,赢得青楼薄幸名"之句。以下"重来"两
句,也用杜牧"落叶成荫子满枝"诗意。
⑦　王昌:传为古代薄情男子的代表。唐女诗人鱼玄机《赠邻女》
诗有"自能窥宋玉,何必恨王昌"之句。前句"年十五",用前人"十五嫁
王昌"语。

⑧　梅村:明末清初诗人吴伟业(1609—1671),号梅村,太仓(今属江苏)人,作有《听女道士卞玉京弹琴歌》一诗。　玉京:秦淮名妓卞赛,自号玉京道人。

⑨　"别梦"句:唐代张泌《寄人》诗有"别梦依依到谢家"之句,此用其意。谢家,不一定指对方姓谢。

⑩　郁金堂:大户人家的堂阁。

⑪　絮果兰因:谓虽有美好的前因,却摆脱不了飞絮飘泊的后果,此喻指与紫姬离散。

孟陬下浣①,将游淮左,道出秣陵②,初见紫姬于纫秋水榭。时停云娇女幼香将有所适,仲澜骑尉招与偕来。余与紫姬相见之次,画烛流辉,玉梅交映,四目融视,不发一言。仲澜回顾幼香,笑述《董青莲传》中语曰③:"主宾双玉有光,所谓月流堂户者非耶?"余量不胜蕉④,姬偕坐碧梧庭院,饮以佳茗,絮絮述余家事甚悉。余讶诘之,低鬟微笑曰:"识之久矣! 前读君寄幼香之作,缠绵悱恻,如不胜情。今将远嫁,此君误之也,宜赋诗以志君过。"时幼香甫歌《牡丹亭·寻梦》一出,姬独含毫蘸墨,拂楮授余⑤,余亦怦然心动,振管疾书曰:

休问冰华旧镜台,碧云日暮一徘徊。

锦书白下传芳讯,翠袖朱家解爱才⑥。

春水已催人早别,桃花空怨我迟来。

闲翻张泌妆楼记⑦,孤负莺期第几回⑧?

却月横云画未成,低鬟拢鬓见分明。

枇杷门巷飘灯箔⑨,杨柳帘栊送笛声⑩。

照水花繁禁著眼，临风絮弱怕关情。

如何墨会灵箫侣⑪，却遣匆匆唱渭城⑫。

如花美眷水流年，拍到红牙共黯然。

不奈闲情酬浅盏，重烦纤手语香弦。

堕怀明月三生梦，入画春风半面缘。

消受珠枕还小坐，秋潮漫寄鲤鱼笺⑬。

一剪孤芳艳楚云，初从香国拜湘君。

侍儿解捧红丝研，年少休歌白练裙。

桃叶微波王大令⑭，杏花疏雨杜司勋⑮。

关心明镜团栾约，不信扬州月二分⑯。

① 孟陬(zōu)：阴历正月　下浣：下旬。

② 秣陵：今江苏江宁。

③ 《董青莲传》：指冒襄之友张明弼所撰《冒姬董小宛传》。

④ 量不胜蕉：指酒量很浅。蕉，蕉叶形酒杯，此代指酒。

⑤ 楮：纸的代称。

⑥ 翠袖朱家：指停云主人。朱家，汉初鲁人，以任侠闻名，后为侠士的代称。

⑦ 张泌：唐代张泌曾著《妆楼记》，前面的"别梦何尝到谢家"，也化用张泌诗意。

⑧ 莺期：佳期。

⑨ 枇杷门巷：语出唐代诗人王建《赠蜀中薛涛校书》："万里桥边女校书，枇杷花里闭门居。"后指妓女居处。

⑩ 杨柳帘枕：指妓女居处。杨柳，《杨柳枝》，汉横吹曲辞，唐代白居易依旧曲翻为新歌。居易有妓樊素，善唱《杨柳枝》，人以曲名名之。

⑪ 灵箫侣:用萧史与秦穆公女弄玉皆善吹箫,引凤仙去典。

⑫ 渭城:渭城曲,又名《阳关三叠》,以唐代王维《送元二使安西》诗"渭城朝雨浥轻尘,客舍青青柳色新。劝君更尽一杯酒,西出阳关无故人"为曲辞。

⑬ 鲤鱼笺:书信的代称。

⑭ 王大令:"即王献之(344—386),东晋书法家,因官至中书令,故人称王大令。相传桃叶渡因王献之在此作歌送其妾桃叶而得名。

⑮ 杜司勋:即杜牧,因他曾任司勋郎中,其《清明》诗有"借问酒家何处有,牧童遥指杏花村"之句。

⑯ "不信"句:化用唐代徐凝《忆扬州》"天下三分明月夜,二分无赖是扬州"诗意。

姬读至末章,慨然曰:"夙闻君家重亲之慈,夫人之贤,君辄有否无可,人或疑为薄幸,此皆非能知君者。堂上闺中终年抱恙,窥君郑重之意,欲得人以奉慈闱耳。"因即饯余诗曰:

烟柳空江拂画桡,石城潮接广陵潮①。

几生修到人如玉,同听箫声廿四桥②。

月落乌啼,霜浓马滑,摇鞭径去,黯然魂销。

① 石城:指南京。 广陵:指扬州。

② "同听"句:化用唐代杜牧《寄扬州韩绰判官》"二十四桥明月夜,玉人何处教吹箫"诗意。

湖阴独游,新绿如梦,啜茗看花,殊有春风人面之感①。忽从申丈处得姬芳讯,倚阑循诵,纪之以诗曰:

二月春情水不如，玉人消息托双鱼[2]。

眼中翠嶂三生石[3]，袖底金陵一纸书。

寄向江船回棹后，写从妆阁上灯初。

樱桃花澹宵寒浅，莫遣银屏鬓影疏。

嗣是重亲惜韩香之遇[4]，闺人契胜璃之才。搴芳结缡[5]，促践佳约。余曰："一面之缘，三生之诺。必秉慈命而行，庶免唐突西子。"允庄曰："昨闻诸堂上云：'紫姬深明大义，非寻常金粉可比。申年丈不获与偕，蹇修之事[6]，六一令君可任也[7]。'"季秋入夕，乃挂霜帆。重阳渡江，风日清美。白下诸山，皆整黛鬟迎楫矣。

① 春风人面：用唐代崔护《游城南》"去年今日此门中，人面桃花相映红。人面不知何处去，桃花依旧笑春风"诗意。

② 双鱼：也作双鲤，指书信折成鱼形。

③ 三生石：相传唐李源与僧圆观友好，约定在圆观死后十二年在杭州天竺寺相见，后果然如愿。三生石便被用作因缘前定之典。

④ 重亲：指祖父母和父母两代亲人。　韩香之遇：相传南徐名妓韩香与叶某一见钟情，叶父反对这门亲事，韩香自刎身亡。事见冯梦龙《情史·情贞类》。

⑤ 搴：提起。　缡（xiāng）：佩带。屈原《离骚》："解佩缡以结言兮，吾令蹇修以为理。"此指成全裴之与紫姬的婚事。

⑥ 蹇修：媒妁。

⑦ 令君：对县令的尊称。

六一令君将赴之江新任[1]，闻姬父母言姬雅意属余，倩传冰语[2]，因先访余于丁帘水榭，诧曰："从来名士悦倾城，今倾城亦悦名士。联珠合璧，洵非偶然。余滞燕台久矣③，今自三千里外捧檄而归④，端为成此一段佳话尔。"余袖出申丈书示之，令君掀髯曰："父母之命，媒妁之言，足为蘼芜媚香一辈人扬眉生色矣⑤。"既以姬素性端重，不欲余打桨亲迎，令君乃属其夫人，与姬母伴姬乘虹月舟连樯西下。小泊瓜洲⑥，重亲更遣以香车画鹢迎归焉⑦。

① 之江：即浙江。

② 冰语：媒妁之言。冰人为媒人的别称。

③ 燕台：指今河北地区。

④ 捧檄：奉命就任。

⑤ 蘼芜：香草名，此指明末名妓柳如是，号蘼芜君，后为钱谦益妾，能诗画。　媚香：指明末名妓李香君，因其居媚香楼而称。

⑥ 瓜洲：在江苏邗江南部，大运河入长江处。

⑦ 鹢：指船。古代曾画鹢首于船头。

姬同怀十人①，长归铁岭方伯②，次归天水司马③，次归汝南太守④，次归清河观察⑤，次归陇西参军⑥，次归乐安氏，次归清河氏，次未字而卒，次归鸳湖大尹⑦，姬则含苞最小枝也。蕙绸居士序余《梦玉词》曰："闻紫姬初归君时，秦淮诸女郎皆激扬叹羡，以姬得所归，为之喜极泪下，如董青莲故事。"渤海生《高阳台》词句有曰："素娥青女遥相妒，妒婵娟最小，福慧双修。"论者皆以为实录。姬亦语余云："饮饯之期，姻娅咸集⑧。绿窗私语，佥有后来居上之叹。"其姊归清河氏者，为人尤放诞风流。偶与其嫂氏闺湘、玉真论及身后名，辄述李笠翁《秦淮健儿传》中语曰:"此事须让十弟,我九人无能为也。"两行红粉服其诙谐吐属之妙。

① 同怀:姊妹。

② 方伯:布政使。

③ 司马:在兵部任职。

④ 太守:知府。

⑤ 观察:道员。

⑥ 参军:经历。

⑦ 大尹:县令。

⑧ 姻娅:连襟,姐妹丈夫间的互称。

吴中女郎明珠,偶有相属之说。安定考功戏语申丈①曰:"云生朗如玉山②,所谓仙露明珠者,讵能方斯朗润耶?"告以姬事,考功笑曰:"十全上工,庶疗相如之渴耳③。"盖亦知姬行十,故以此相戏云。

余朗玉山房瓶兰,先苗同心并蒂花一枝,允庄曰:"此国香之徵也④。"因为姬营新室,署曰"香畹楼"⑤,字曰"畹君"。余因赋《国香词》曰:

> 悄指冰瓯,道绘来倩影,浣尽离愁。回身抱成双笑,竟体香收。拥髻《离骚》倦读,劝搴芳人下西洲。琴心逗眉语,叶样娉婷,花样温柔。　　比肩商略处,是兰金小篆,翠墨初钩。几番孤负,赢得薄幸红楼。紫凤娇衔楚佩,惹莲鸿、争妒双修。双修漫相妒,织锦移春,倚玉纫秋。

一时词场耆隽,如平阳太守、延陵学士、珠湖主人、桐月居士皆有和作。畹君极赏余词,曰:"君特叔夏⑥,此为兼美。"余素不工词,吹花嚼蕊,嗣作遂多。闺人请以《梦玉》名词,且笑曰:"桃李宗师,合让扫眉才子矣。⑦"

① 考功:官名,掌管官吏考课升降之事。

② 玉山:喻品德仪容之美。因陈裴之别号"郎玉山人",故有此语。

③ 相如之渴:汉代司马相如患消渴症(即今糖尿病)。

④ 国香:指兰花。语本《左传·宣公三年》:"以兰有国香,人服媚之如是。"此因紫姬名子兰,故称之。

⑤ 畹:一畹为十二亩。屈原《离骚》:"余既滋兰之九畹兮,又树蕙之百亩。"

⑥ 叔夏:即张炎(1248—1314),南宋词人,字叔夏,临安(今浙江杭州)人。其词典雅工丽。

⑦ 扫眉才子:旧指有文才的女子。唐代王建《寄蜀中薛涛校书》诗:"扫眉才子知多少,管领春风总不如。"

闺中之戏,恒以指上螺纹验人巧拙。俗有一螺巧之说。余左手食指仅有一螺。紫姬归余匝月,坐绿梅窗下,对镜理妆。闺人姊妹戏验其左手食指,亦仅一螺也。粉痕脂印,传以为奇。重闺闻之①,笑曰:"此真可谓巧合矣。"

莲因女士雅慕姬名,背摹"惜花小影"见贻,衣退红衫子,立玉梅花下,珊珊秀影,仿佛似之。时广寒外史有《香畹楼院本》之作,余因兴怀本事,纪之以词曰:

　　　　省识春风面,忆飘灯、琼枝照夜,翠禽啼倦。艳雪生

香花解语，不负山温水软。况密字、珍珠难换。同听箫声
催打桨，寄回文大妇怜才惯。消尽了紫钗怨。　　歌场
艳赌《桃花扇》。买燕支、闲摹妆额，更烦娇腕。抛却鸳衾
兜凤舄②，髻子颓云乍绾③。只冰透、鸾绡谁管？记否吹
笙蟾月底，劝添衣悄向回廊转。香影外，那庭院。

姬读之，笑授画册曰："君视此影颇得神似否？"乃马月娇
画兰十二帧④，怀风抱月，秀绝尘寰。帧首题"紫君小影"四
字，则其嫂氏闰湘手笔。是册固闰湘所藏，以姬归余为庆，临
别欣然染翰⑤，纳之女儿箱中者。余欲寿之贞珉⑥，姬愀然曰：
"香闺韵事，恒虑为俗口描画。"余乃止。

① 重闱：旧指祖父母。

② 凤舄(xì)：凤头绣鞋。

③ 颓云：喻指松散的头发。

④ 马月娇：即马湘兰。明末金陵名妓，字玄儿，小字月娇，工诗，
善画兰。

⑤ 染翰：提笔写作。

⑥ 贞珉：石刻碑铭的美称。

蔻香阁狂香浩态，品为花中芍药。尝语芳波大令曰："姊
妹花中如紫夫人者，空谷之幽芳也。色香品格，断推第一。天
生一云公子非紫夫人不娶，而紫夫人亦非云公子不属，奇缘仙
耦，郑重分明，实为天下银屏间人吐气。我辈飘花零叶，堕于
藩溷也宜哉。①"芳波每称其言，辄为叹息不置。

捧花生撰《秦淮画舫录》，以倚云阁主人为花首，此外事多

失实,人咸讥之。余以公羁秣陵②,仲澜招访倚云,一见辄呼余字曰:"此服媚国香者也。"仲澜与余皆愕然。时一大僚震余名,遇事颇为所厄。后归以语姬,姬笑曰:"大僚震君之名而挤君,倚云识君之字而企君,彼录定为花首也固宜。"

① 藩溷:污秽之所。

② 秣陵:指南京。

　　余受知于彭城都转①,请于阁部节使,檄理真州水利②,并以库藏三十七万责余司其出纳。余固辞不可,公愠曰:"我知子猷守兼优③,故以相托。有所避就,未免蹈取巧之习矣。"余曰:"不司出纳,诚蹈取巧之习;苟司出纳,必蒙不肖之名。事必于私无染,而后于公有裨。此固由素 性之迂拘,亦所以报明公知己之感也。"公察其无他,乃止。时自戟门归,已深夜,阃人方与姬坐香畹楼玩月。阃人诘知归迟之故,喜曰:"君处脂膏而不润,足以报彭城矣。"姬曰:"人浊我清,必撄众忌。严以持己,宽以容物,庶免牛渚之警乎。④"余夫妇叹为要言不烦。

① 彭城:今江苏徐州。　都转:都转运使,主管盐政。

② 真州:今江苏仪征。

③ 猷守:谋划和操守。

④ 牛渚之警:谓身处险要,需时刻警惕,以防隐患发生。牛渚,山名,在安徽当涂西北,山脚突入长江为采石矶,是长江最狭处,自古为江防重地。

　　余旧撰《秦淮画舫录序》曰：仲澜属为捧花生《秦淮画舫录》弁言，仓卒未有以应也。延秋之夕，蕊君招集兰语楼，焚香读画，垂帘鼓琴，相与低徊者久之。蕊君叩余曰："媚香往矣。《桃花扇》乐府，世艳称之。如侯生者，君以为佳偶耶？抑怨偶耶？"余曰："媚香却聘①，不负侯生；生之出处，有愧媚香者多矣，然则固非佳偶也。"蕊君颔之。复曰："蘼芜以妹喜衣冠②，为湘真所拒③，苟矢之曰：'风尘弱质，见屏清流，愿蹈泖湖以终尔。④'湘真感之，或不忍其为虞山所浼乎？⑤"余曰："此蘼芜之不幸，亦湘真之不幸也。横波侍宴，心识石翁⑥；后亦卒为定山所误⑦。坐让葛嫩武功⑧，独标大节，弥可悲已。卿不见九畹之兰乎？湘人佩之而益芳，群蚁趋之而即败，所遇殊也。如卿净洗铅华，独耽词翰，尘弃轩冕，屣视金银，驵侩下材，齿冷久矣。然而文人无行，亦可寒心。即如虞山、定山、壮悔当日⑨，主持风雅，名重党魁，已非涉猎词章，聊浪花月，号为名士者可比。卒至晚节颓唐，负惭红袖，何如杜书记青楼薄幸，尚不致误彼婵媛也。仆也古怀郁结，畴与为欢，未及中年，已伤哀乐。悉卿怀抱，旷世秀群。窃虑知己晨星⑩，前盟散雪，母骄钱树⑪，郎冒璧人⑫。弦绝《阳春》之音⑬，金迷长夜之饮。而木石吴儿，且将以不入耳之言，来相劝勉曰：'使卿有身后名，不如生前一杯酒⑭。'嗟乎！薰莸合器，臭味差池，鹣鲽同群⑮，蹉跎不狎。语以古今，能无河汉哉⑯？"蕊君沾巾拥髻，殆不胜情。余亦移就灯花，黯然罢酒。维时仲澜索序甚殷，蕊君然脂拂楮，请并记今夕之语。

　　①　媚香却聘：指《桃花扇》中李香君退掉阮大铖送来妆奁一事。以下"生之出处"云云，指侯方域于清初应试事。

② 妹喜衣冠:妹喜,夏桀的宠姬,常喜女扮男装。据考,柳如是也经常身着儒生服装外出,故称。

③ 湘真:即陈子龙(1608—1647),南明抗清将领,文学家,字卧子,号大樽,松江华亭(今上海松江)人。此因其有诗词集《湘真阁稿》而称。据考,柳如是并非如传说的那样"为湘真所拒",而是与其有过一段情缘。

④ 泖湖:在松江与金山之间。

⑤ 虞山:即钱谦益。

⑥ 石翁:即黄道周(1585—1646),字幼平,号石斋,明学者、书画家。相传黄有一次作书时顾媚曾经侍宴,对其人品学问十分敬佩。

⑦ 定山:即龚鼎孳。

⑧ 葛嫩:明末秦淮名妓,后为孙临妾。 武功:即孙临,字克威,别字武公,有文武才略,入闽抗清,兵败被捕,与葛嫩一起抗节而死。

⑨ 壮悔:即侯方域,因有《壮悔堂集》而称。

⑩ 晨星:形容稀少、寥落。

⑪ 母骄钱树:妓院中假母,以名妓为摇钱树而骄傲。

⑫ 郎冒璧人:指俗客冒充雅人。

⑬ 《阳春》之音:喻指高雅音乐。

⑭ "使卿"两句:语出《晋书·张翰传》:"使我有身后名,不如即时一杯酒。"

⑮ 鹣鲽(jiān dié):《尔雅·释地》:"东方有比目鱼焉,不比不行,其名谓之鲽;南方有比翼鸟焉,不比不飞,其名谓之鹣鹣。"此以鹣鲽不同类言不相亲。

⑯ 河汉:银河星汉,因其遥远深邃,喻言论迂阔,不切实际。

夫白门柳枝,青溪桃叶,辰楼顾曲,丁帘醉花,江南佳丽,繇来尚已。迨至故宫禾黍①,旧苑沧桑,名士白头,美人黄土,

此余澹心《板桥杂记》所由作也②。今捧花生际承平之盛，联
裙屐之游，跌宕湖山，甄综花叶，华灯替月，抽觞撷笛之天；画
舫凌波，拾翠眠香之地。南朝金粉，北里烟花，品艳柔乡，撼怀
璃翰，澹心《杂记》，自难专美于前。窃谓轻烟澹粉间当有如蕊
君其人者，两君试以斯文示之，并语以蘼芜媚香往事，不知有
感于蕊君之言而为之结眉破粉否也？此一时仿兴之作，忽忽
不甚记忆。迨姬归余后，允庄谈次戏余曰："君当日以他人酒
杯，浇自己块垒。兴酣落笔，慨乎言之。苟至今日，敢谓秦无
人耶③？"茗妹曰："兄生平佳遇虽多，然皆申礼防以自持，不肯
稍涉苟且轻薄之行。今得紫君，天之报兄者亦至矣。"闺侣咸
为首肯。

①　故宫禾黍：《诗经·王风》有《黍离》篇，描写周大夫过故宗庙宫
室，见满地禾黍而万分感慨。后以故宫"黍离"用为感慨亡国触景生情
之词。

②　余澹心：余怀，字澹心，福建莆田人，侨寓江宁（今南京）。《板
桥杂记》是他记载秦淮之胜的笔记，共三卷。

③　"敢谓"句：用《左传·文公十三年》秦大夫绕朝"子无谓秦无
人，吾谋适不用耳"语。

秋影主人，中年却扫①，炉薰茗碗，拥髻微吟，花社灵光，
出尘不染，后来之秀，赢崇礼焉。先是，香霓阁有随鸦之举②，
主人苦口箴之。闻姬属余，庆得所归，恒求识面。申丈介余修
相见礼，笑曰："十君玉骨珊珊，迩应益饶丰艳耶？蕴珠抱璞，
早审不凡。具此识英雄眼，尤为扫眉人生色矣。"归宣其言，姬

为莞尔。

邗当要冲,冠盖云集。余自趋庭问绢③,日鲜宁晷。堂上于奇寒深夜命姬假寐俟余,姬仍剪灯温茗,围炉端坐以待。诘晨复辨色理妆,次第诣长者起居④。夙兴夜寐,历数年如一日焉。

① 却扫:不再扫径迎客,意谓杜门谢客。
② 随鸦之举:彩凤随鸦,喻女子嫁给才貌远不如己者。
③ 趋庭问绢:典出《论语·季氏》、《三国志·魏书·胡质传》,指接受父训,向前辈请教。
④ "次第"句:依次向长辈问安。

姬将适余,偶与倚红、听春辈评次清容院本①,或《香祖楼》警句,或赏《四弦秋》关目。姬独举《雪中人》"可人夫婿是秦嘉②,风也怜他,月也怜他"数语,吟讽不辍。唐甥桂仙侍鬟改子笑曰:"十姑此时固应心契此语!"金钗四座,赏为知言。余前年于役彭城,寄姬词有曰:"蹋冰瘦马投荒驿,负了卿怜惜。累卿风雪忆天涯,休说可人夫婿是秦嘉。"盖指此也。嗣于下相道中寄姬词曰③:

霜月当头圆复缺。跃马弯弓,那怪常离别。约了归期今又不,关山只忍无啼鴂。　何事沾膺双泪热,帐下悲歌,竟未生同穴。忍与归时灯畔说,五更一骑冲风雪。

南州朱夫人为写《行香子》,晚翠庵主即书原词于上。姬每一捧诵,感泪弥衿,凄咽之音,如听柳绵芳草矣。

①　清容院本:蒋士铨所写戏曲剧本。蒋士铨(1725—1785),清戏曲文学家,字心馀,号清容、藏园,江西铅山人。有《藏园九种曲》。下举《香祖楼》、《四弦秋》、《雪中人》,均为九种曲之一。

②　秦嘉:后汉人,为郡上计掾时,妻徐淑以卧病还家,不得面别,后徐淑赠以诗,嘉以诗答之,并赠明镜宝钗等,淑又作书报之。词旨凄丽,为后人称道。

③　下相:故城在今江苏宿迁西,项羽故乡,故词中有"帐下悲歌"云云。

余幼涉韬钤①,长延豪俊,然如清河君之忠义廉立者,颇不易觏。长白尚衣②,锐欲治枭,禁暴除害,致书阁部。谓燕赵壮士,江淮异人,恩威部勒③,非余莫任。余启阁部曰:"无恒产而有恒心者,惟士为能。鸡鸣狗盗之雄,为饥所驱,不知择业,铤而走险,患莫大焉。广庇博施,知有不逮,然能储一有用之材,即可弭一无形之祸。"阁部深嘉是言,且曰:"即以禽枭而论,以毒攻毒,兵法亦当如是也。忠信所格,景响孔殷④。"姬曰:"鹰飞好杀,龙性难驯,胆大心细,愿味斯言。"且以余驭下少严⑤,渊鱼麇鼠察诘不祥⑥,怡词巽语,时得韦弦之助云⑦。

①　韬钤:古代兵书《六韬》及《玉钤篇》的合称,此泛指兵书。

②　长白:山名,在山东邹平南,因山中云气常白而名。　尚衣:官名,职掌帝王衣服,清代不设尚衣,唯苏州、杭州、江宁三织造,俗仍称尚衣。

③　部勒:教导制约。

④　景响:影响。

⑤　少严:稍严。

⑥　"渊鱼"两句:《列子·说符》:周谚有言:"察见渊鱼者不祥,智料隐匿者有殃。"

⑦　韦弦之助:《韩非子·观行》载:"西门豹之性急,故佩韦以自缓;董安于之性缓,故佩弦以自急。"此指紫姬的规劝。

　　淮南以浚河停运,余请于堂上,创为移捆之议,节使与彭城公,咸庆安枕,真州贤士,歌诗以侈美之。归逼岁除,颇形闷损。姬曰:"储课乂民①,颂声洋溢。残年风雪,不负此行,那有辜负香衾之憾?"

　　芜城绮节②,慈命设宴璧月楼前。姬偕闺侣,香阶侠拜。更解绡臂怜爰缕,遣鬟密置鸥吻③。吾杭谓刍尼衔以成梁④,可渡星河灵匹也⑤。荨姊戏裁冰縠绘并头兰桂畀姬⑥,向月绣之,镂金错采,巧夺针神。余巾箱检玩,珍逾蔡氏金梭矣⑦。

①　储课乂民:储藏财富,使百姓安居乐业。课,赋税;乂,安定。

②　芜城:今江苏扬州。因南朝宋鲍照《芜城赋》而名。　绮节:七夕。

③　鸥吻:屋脊正脊两端的构件,状如鸥鸟张口,故称。

④　刍尼:梵语,意谓喜鹊。

⑤　灵匹:神仙匹偶,指牵牛、织女两星。

⑥　冰縠:薄纱。

⑦　蔡氏金梭:元林坤《诚斋杂记》:"蔡州丁氏女,七夕祷以酒果,忽流星坠宴中,明日瓜上得金梭,自是巧思益进。"

癸未仲春,太夫人患病危亟,姬辄焚香告天,愿以身代。余时奉檄驻工,星夜驰归,祷于太平桥元化先生祠,赐方三剂而愈。姬因代余持观音斋,以报春晖,至殁不替①。

姬与余情爱甚挚,而耻为忮嫉之行,是以香影阁赠余鬟花绡帕,香霏阁赠余冰纨杂佩,秋雯阁赠余瓜瓤绣缕,姬皆什袭藏之②。又香霏阁寄余雕笼蝈蝈一枚,姬尤絷爱不释,曰:"窥墙掷果③,皆属人情。苟非粉郎香掾④,又谁过而问之者?"

① 不替:不废。

② 什袭:把物品重重叠叠包裹起来,引申为郑重珍藏之意。

③ 窥墙:宋玉《登徒子好色赋》:"臣东家之子……登墙窥臣三年,至今未许也。" 掷果:据《世说新语·容止》载,晋潘岳美姿容,每出门,老妪以果掷之满车。

④ 粉郎:魏何晏美姿仪,面至白,平时喜修饰,粉白不去手,人称傅粉何郎。 香掾:晋贾充女悦贾充掾吏韩寿,私将西域奇香相送,充闻香而察觉。见《世说新语·惑溺》。

余取次花丛,屡为摩登所摄①。爰赋《柳梢青》词以谢之曰:

曳雪牵云,玉笼鹦鹉,唤掩重门。曲曲回阑,疏疏帘影,也够销魂。愁看照眼浓春,添多少香痕泪痕。默默寻思,生生孤负,无数黄昏。 休憨双蛾,鬘华倩影②,好伴维摩③。娇倚香篝,话残银烛,闲煞衾窝。更无人唱回波,只怕惹情多恨多。叶叶花花,鹣鹣蝶蝶,此愿难么?

允庄曰:"风流道学,不触不背,当是众香国中无上妙法。"

姬曰:"飘藩堕溷④,千古伤心。君能现身接引⑤,亦是情天善果。"余曰:"安得金屋千万间,大庇天下美人皆欢颜耶?"姬亦为之觍然⑥。

① 摩登:摩登伽的省称。释迦牟尼在世时,有妇摩登伽,曾使其女以幻术蛊惑阿难,佛说神咒,使阿难解脱。

② 鬘华:茉莉花。佛书名为鬘华,可饰发,故名。

③ 维摩:即维摩诘,释迦同时人,义译无垢称,或作净名。南朝梁萧统(昭明太子)小字维摩,唐王维字摩诘,皆取此为义。

④ 飘藩堕溷:指妓女身世。

⑤ 接引:佛教谓佛引导众生入西方净土。

⑥ 觍(chǎn)然:笑貌。

余以乌鸟之私①,惧官远域,牛马之走②,历著微劳。黄扉辱国士之知③。丹诏沐勤能之谕④,纶音甫逮⑤,吏议随之⑥,絷养衔恩,未甘废弃。长途冰雪,小队弓刀,急景凋年,重尝艰险。维时允庄忽染奇疾,淹笃积旬。姬乃鸡鸣而起,即诣环花阁褰帷问夜来安否。亲为涂药进匕后,始理膏沐。扶持调护,寝馈俱忘。语余世母谯国太君曰⑦:"夫人贤孝,闺中之曾、闵也⑧。设有不讳,必重伤堂上心,而贻夫子忧。稽首慈云,妾愿以身先之尔。"余时寄迹于东阳参军绛云仙馆,曾附书尾寄以近词曰:

　　年来饱识江湖味,今番怎添凄惋。远树蘸烟,残鸦警雪,人在黄昏孤馆。更长梦短,便梦到红楼,也防惊转。雁唳霜空,故乡何事尺书断?　　书来倍萦别恨,道闺人小病,罗带新缓。茗火煎愁,兰烟抱影,不是卿卿谁伴?怜卿可惯,况一口红霞,黛蛾慵展。漫忆扬州,断肠人更远。

姬时已得咯血症,讳疾不言,渐致沉笃。余以定省久暌⑨,勾当粗毕,醉司命夕⑩,风雪遄归,而姬已骨瘦香桃,恹恹床蓐矣。

① 乌鸟之私:旧称乌鸟反哺,因谓侍养父母为展乌鸟之私,取其能报本之义。

② 牛马之走:自谦之词。原意谓在皇帝之前如牛马般供奔走驱使。

③ 黄扉:本指宰相官署,此指宰相。　国士:国士无双的省称。据考,当时宰相孙玉庭(寄圃)曾称陈裴之"国士无双"。

④ 丹诏:皇帝的敕命。当时皇帝诏书中对陈有"辑捕勤能,始终奋勉"之语。

⑤ 纶音:皇帝的诏书。　甫逮:刚到。

⑥ 吏议:官吏议论政事。陈裴之本被荐为南江候补通判,后遭吏议否决,改为云南府通判,因道远不能往,奏请改近,仍客汉皋幕中。

⑦ 世母:伯母。

⑧ 曾、闵:曾参和闵子骞,孔子学生,皆以孝顺父母著称。

⑨ 定省:旧时指子女早晚向长辈问安。《礼记·曲礼》:"凡为人子之礼,冬温而夏清,昏定而晨省。"

⑩ 醉司命:旧时称腊月二十四日祀灶日为醉司命日。

余自吏议不得留江后,姬曰:"君此后江湖载酒①,宜预留心一契合之人。"余诘其故,曰:"君为尊亲所屈,奉檄色喜,自断不忍远离膝下。但今既有此中沮,或者改官远省,太夫人既惮长途,不能就养,夫人又以多病不去,我何忍侍君独行? 且寒暑抑搔②,晨昏侍奉,留我替君之职,即以摅君之忧。至君之起居寒暖,必得一解事者悉心护君,虽千山万水,吾心慰矣。"此姬自上年十月以来,屡屡为余言之者。孰知黄花续命之言③,即为紫玉成烟之谶哉④!

① 江湖载酒:泛指在社会上到处流浪。唐杜牧《遣怀》诗有"落魄江湖载酒行"句。

② 抑搔:按摩抓搔。《礼记·内则》:"疾痛苛痒,而敬抑搔之。"

③ 黄花续命:《陈书·徐陵传》有"正恐南阳菊水,竟不延龄"语。

④ 紫玉:相传春秋时吴王小女紫玉,爱慕韩重,但不得成婚,因此气绝而死。韩重至墓哀吊,欲抱之,玉如烟而没。后常以紫玉化烟喻少女去世。

蓉湖施生,隐于阛阓①,掷六木以决祸福②,闻有奇验。余就卜流年休咎,生曰:"他事甚利,惟不免破镜之戚。"问能解否,曰:"小星替月可解也。"更请其他,曰:"啮彼三五③,或免递及之祸。"时平阳中翰自淮南来④,为姬推算,亦如生言。爰就邻觋陇西氏占之,曰:"前身是香界司花仙史,艳金玉之缘,遂为《法华》所转⑤。爱缘将尽,会当御风以归尔⑥。"允庄闻之,亟请于堂上,为余量珠购艳,以应施生之说。余曰:"新人苟可移情,辄使桃僵李代⑦,扪心自问,已觉不情。设令胶先续断,香不返魂,长留薄幸之名,莫雪向隅之恨,更非我之所愿,又岂卿之所安哉?"允庄曰:"然则如何而后可?"余曰:"姬素恋切所生,恒见望云兴叹⑧。还珠益算⑨,此诚日者无聊之极思⑩。然其徙倚绵延,屡烦慈顾,每与言及,涕泗不安,曷以归省之计,为伊却病之方乎?"允庄颔之。乃为请于重闱,整装以定归计焉。

①　阛:市垣。　阓:市之外门。古代市道即在垣与门之间,故称市肆为阛阓。

②　六木:《易经》的六爻,此指占卜。

③　嘒彼三五:《诗经·召南·小星》:"嘒彼小星,三五在东。"此借小星喻妾。施生的意思,要陈斐之另娶一妾,以代紫姬。

④　中翰:内阁中书。

⑤　《法华》:即《妙法莲华经》,此指佛法。

⑥　御风:成仙。

⑦　桃僵李代:乐府古辞《鸡鸣高树颠》:"桃生露井上,李树生桃傍。虫来啮桃根,李树代桃僵。"后指以此代彼或代人受过。

⑧　望云兴叹:唐代狄仁杰赴任并州时,登太行山,南望白云孤飞而谓左右曰:"吾亲所居,近此云下。"悲泣伫立久之。后常指思念父母。

⑨　益算:增寿。

⑩　日者:算命卜课的人。

四月下浣五日,太夫人雪涕命余曰:"紫姬以归省之计,为却病之方,果如所言,实为至愿。惟值江风暑雨,实劳我心。汝可祷之于神,以决行止。"余因祷于武帝庙,其签诗曰:"贵人相遇水云乡,冷淡交情滋味长。黄阁开时延故客,骅骝应得骋康庄①。"太夫人见有骅骝康庄之语,以为道路平安,乃许归省。孰知三槐堂中,西偏楹帖,大书深刻曰:"康庄骥足蹋青云。"而姬殁后,槽停适当其处②。开我西阁门,坐我绿阴床③,事后追思,如梦如幻,神能知之而不能拯之,岂苍苍定数,竟属万难挽回哉?

紫姬行后,允庄寄以诗曰:

> 梅雨丝丝暗画楼,玉人扶病上扁舟。
>
> 钏松皓腕香桃瘦,带缓纤腰弱柳柔。
>
> 五月江声流短梦,六朝山色送新愁。
>
> 勤调药裹删离恨,好寄平安水阁头。

紫姬依韵和之,并呈太夫人诗曰:

> 风雨经春怯倚楼,空江如梦送归舟。
>
> 绵绵远道花笺寄,黯黯临歧絮语柔④。
>
> 闺福难消悲薄命,慈恩未报动深愁。
>
> 望云更识郎心苦,月子弯弯系两头。

允庄又寄余诗曰:

> 问君双桨载桃根⑤,残月空江第几村。
>
> 淡墨似烟书有泪,远天如水梦无痕。
>
> 晚风横笛青溪阁⑥,新柳藏鸦白下门。
>
> 更忆婵嫣支病骨,背灯拥髻话黄昏。

余依韵和之曰:

> 情根种处即愁根,纱浣青溪别有村⑦。
>
> 伴影带徐前剩眼,捧心镜泥旧啼痕。
>
> 江城杨柳宵闻笛,水阁枇杷昼掩门。
>
> 回首重闱心百结,合欢卿独奉晨昏。

曹小琴女史读之叹曰:"此二百二十四字,是君家三人泪珠凝结而成者。始知《别赋》、《恨赋》未是伤心透骨之作。⑧"

① 骅骝:赤色骏马,周穆王八骏之一。此指良马。

② 櫘(huì):灵柩。

③ "开我"两句:化用《木兰诗》:"开我东阁门,坐我西阁床"句意,此指回家。

④ 临歧:指分道惜别。

⑤ 桃根:晋王献之妾桃叶之妹。南朝梁费昶《行路难》诗:"君不见长安客舍门,娼家少女名桃根。"

⑥ 青溪:发源于江苏南京钟山西南,入秦淮。此指紫姬娘家所在处。

⑦ 纱浣:浣纱,西施浣纱在浙江绍兴若耶溪,亦称浣纱溪。此以西施喻紫姬,以下"捧心"句也指西施故事。

⑧ 《别赋》、《恨赋》:均南朝梁江淹作,内容抒写种种离愁别恨、抱憾而终的情状。

　　余于严慈抱恙,每祷元化先生祠辄应,盖父母之疾可以身代,愚诚所结。先生其许我也。姬人之恙,或言客感未清,积勤成瘵①,早投峻补,误于凡医之手。然求方之事,余又迟回不敢行。六月十三日夜,姬忽坚握余手曰:"君素爱恋慈帏,苟不畏此简书,从无浪迹久羁之事。今来省垣者匝月矣,阁部叙勋之奏②,昨日已奉恩纶,指日北行,亟宜归省。妾病已深,难期向愈,支离呻楚,徒怆君心。愿他日一纸书来,好收吾骨以归尔。"余时甫得大人安报,因慰之曰:"子之贤孝,上契亲心,来谕命为加意调治,以期痊可偕归。明日当为子祷于小桃源元化先生祠,冀得一当,以纾慈廑③。"姬泣曰:"拜佛求仙,累君仆仆,吾未知所以报也。"次日祷之,未荷赐药。次日又以姬之生平具疏上达,愿减微秩④,以丐余生⑤,俾侍吾亲,谓先生其亦许我耶？始荷赐以五色豆等味，自此遂旦旦求之。至十八日晚，得大人急递书，知太夫人客感卧床，姬亟呼郑、李两妪尽力扶倚隐囊[6]，喘息良久，甫言曰："妾病已可起坐，君宜遄归省亲，勿更以妾为念。"言际清泪栖睫，更无一言，反面贴席，若恐重伤余心者。余时心曲已乱，连泣颔之。晨光熹微，策单骑出朝阳门。伤哉此日，遂为永诀之日矣！

① 瘵(zhài)：痨病。

② 叙勋之奏：内阁大臣向皇帝叙述臣下功绩的奏章。

③ 慈廑(jǐn)：指母亲殷切的关心和挂念。

④ 微秩：指自己的官俸。

⑤ 丐：乞求。

⑥ 隐囊：即靠枕。

余于二十二日抵苏。太夫人之恙，幸季父治少瘥。惟头目岑岑，迷眩五色。余急祷于西米巷元化先生祠，赐服黄菊花十朵，遂无所苦。太夫人询姬病状，知在死生呼吸之际，命余即行。余以慈恙甫愈，请少留。至二十六夜，姬恩抚女桂生惊啼曰[1]："娘归矣！"询之，曰："上香畹楼去矣！"太夫人疑为离魂之征也，陨涕不止。余再四劝慰，太夫人曰："紫姬厌弃纨绮，宛然有林下风[2]，湖绵如雪，则其所心爱也。年来侍我学制寒衣，缝纫熨贴，宵分不倦，我每顾而怜之。"因属世母谯国太君、庶母静初夫人、莩姊、茗妹辈为姬急制湖绵衣履[3]。顾余曰："俗有冲喜之说，汝可携去。能如俗说，留姬侍我，此如天之福也。"至七月朔日，得姬二十八日寄书，殷念北堂病

状④，并遍询长幼起居。举室传观，方以无恙为慰。初三制衣
甫毕，堂上促余遄行。伏雨阑风，征途迢滞。初六触炎登陆，
曛黑入门。家人兮憧惶⑤，嫂侄兮含悲。易锦茵以床垂兮，代
罗帱以素帷。魂飞越而足趑趄兮，心震骇而肝肠摧。抚玉琴
之在御兮，瞻遗挂之在壁。怼琼蕊之无征兮⑥，恨朝霞之难
挹。萃湫风以酸滴兮⑦，涉遐想兮仿佛。太原翁姥流涕告余
曰："儿于初四戌刻，不及待公子而遽去矣。"呜呼！迟到两朝，
缘悭一面，抚棺长恸，痛如之何！

①　恩抚女：当指养女。

②　林下风：本《世说新语·贤媛》称晋才女谢道蕴语，后指称女子
娴雅超逸的风度。

③　庶母：父之妾。

④　北堂：此指婆婆。

⑤　憧惶：惊慌。

⑥　琼蕊：古代传说吃了琼树的花蕊，可以长生。

⑦　湫风：寒风。

姬之逝也，太原翁姥专僎至苏①，余于中途相左，至十二
日僎自苏归。赍奉大人慈谕曰："七夕得三槐书，知紫姬遽然
化去，重闱以次，无不悲悼。且屈指汝到相距两日，未必及视
其敛，尤为伤心之事。携去衣履，想已不及附棺。汝母云是所
心爱，可焚与之。汝一切料量安妥后，即载其榇回苏，暂厝虎
山后院②，俾依汝祖灵以居。今冬恭建先茔，当并挈之以归
尔。渠四年中贤孝尽职③，群无间言。去冬侍汝妇之疾，尤属

不辞况瘁。至其淡泊宁静,夙为汝祖所称赏。今得首从先人于九京④,在渠当亦无憾。汝母方为作小传,静初、允庄等皆有哀词。汝宜爱惜身心,报以笔墨,俾与蒨桃、朝云并传⑤,当亦逝者之心也。"呜呼!我堂上慈爱之心,无微不至,开函捧诵,感激涕零。畀太原举家读之,莫不凄感万状。余因恭录一通,并衣履焚之灵次。呜呼紫姬,魂魄有知,双目其可长瞑矣!

① 俜(qián):仆从。

② 厝(cuò):停柩待葬。　虎山:虎丘山。

③ 渠:她。指紫姬。

④ 九京:山名,同九原,春秋时晋国卿大夫墓地。后即泛指墓地。

⑤ 蒨桃:又作茜桃,北宋宰相寇准之妾,工诗。寇准晚年生活奢侈,她曾作《呈寇公》诗规劝。　朝云:宋苏轼之妾,轼贬惠州时,独朝云相随,后卒于惠州。

姬发长委地,光可鉴人,指爪皆长数寸,最自珍惜。每有操作,必以金驱护之。弥留之际,郑媪为理遗发,令勿轻弃,更倩闰湘尽剪长爪,并藏翠桃香盒中。闰湘曰:"留以遗公子耶?"含泪点首者再。叩其遗言,曰:"太夫人爱我甚至,起居既安,必命公子复来,惜我缘已尽,不能少待为恨尔。"

太夫人素性畏雷,余与允庄、紫姬每逢夏夜风雨,辄急起整衣履,先后至太夫人房中,围侍达旦。今年七月三夕,姬病卧碧梧庭院,隐闻雷声,辄顾李媪等曰:"恨我远离,不能与主人同侍太夫人尔。"未及周辰,遽尔化去。病至绵惙①,而其爱恋吾亲若此,悲哉痛哉!

　　允庄闻姬凶耗,寄余书曰:"姬之抚恩女桂生,已奉慈命为持三年之服。至其平日爱抚孝先,无异所生,业为持服[2]。如有吊者,应报素柬,亦已请命堂上,可书'嫡子孝先稽颡'云云[3]。"并寄挽联曰:

　　　　四年来孝恭无忝,偏教玉碎香销,愚夫妇触境心酸,遗憾千秋,岂独佳人难再得

　　　　两月中消息虽通,只恨山遥水远,慈舅姑倚闾望切,芳魂一缕,愿偕公子早同归

同人叹为情文相生,面面俱到。芳波大令曰:"素柬以嫡子署名,吾家庶大母之丧,先大父太守公曾一行之。今君家出自堂上及大妇之意,尤为毫发无憾。"

　　① 　绵惙(chuò):病危。
　　② 　持服:穿丧服守孝。
　　③ 　稽颡(sǎng):旧丧礼中居父母之丧时跪拜宾客之礼,以额触地,表示极度悲痛。

　　金沙延陵女史,工诗善画,秀笔轶伦。所得润笔之资,以赡老母幼弟。尤工剑术,韬晦不言[1]。人以黄皆令、杨云友一流目之,不知为红线、隐娘之亚也[2]。病中闻紫姬之耗,寓书于余,发函伸纸,上书"萼绿华来无定所,杜兰香去未移时"一联[3]。跋曰:"紫湘仁妹,蕙心纨质,旷世秀群。余每见于芜城官舍,爱不忍去。曾仿月娇遗迹,画兰十二帧,以作美人小影。今闻彩云化去,不觉清泪弥襟。以妹之孝恭无忝,具详允庄大妹所撰挽联。人不间于高堂大妇之言,无俟再下转语。爰书

玉溪生句④,俾知慧业生天⑤,以摅云弟梨云之感⑥。此于《香祖楼》后又添一重公案矣。"又一行曰:"姊以病中腕怯,不得纵笔作书,可觅一善书者捉刀为幸⑦。"余因倩汝南探花仿簪花妙格⑧,书之吴绫,张诸座右。此与昭云夫人篆书《林颦卿葬花诗》以当薤露者⑨,可称双绝。

① 韬晦:隐藏才能,不自炫露。

② 红线:唐袁郊传奇《甘泽谣》中的青衣侠女形象。　隐娘:聂隐娘,唐代裴铏传奇《聂隐娘传》中的女侠。

③ "上书"两句:萼绿华、杜兰香皆神话传说中的仙女。此联用唐代李商隐《重过圣女祠》诗句。

④ 玉溪生:唐代诗人李商隐的别号。

⑤ 生天:佛家称人死后更生于天界,后用以婉言死亡。

⑥ 梨云之感:此用《香祖楼》之典,代指裴之对紫姬的思念之情。

⑦ 捉刀:代笔。

⑧ 探花:科举时代一甲第三名称探花。　簪花妙格:书体之一,以娟秀工整为特点。

⑨ 林颦卿:指林黛玉。　薤(xiè)露:古挽歌名,谓人命如薤上之露,容易晞灭。

　　词坛耆隽,赢锡哀词,摅余怆情,美不胜屈。至挽联之佳者,犹记扶风观察云①:

别梦竟千秋,金屋昙花逢小劫②
招魂刚七夕,玉箫明月认前身③

巢湖太守云:

司马湿青衫④,盖世奇才,那识恩情还独至

> 修蛾归碧落,毕生宠遇,从知福慧已双修

高平都转云⑤：

> 玉帐佩麟符⑥,曾见潞州传记室
>
> 兰台抛凤管⑦,空教司马忆清娱

清河观察云：

> 倚玉搴芳,记伊人琼树雁行,花叶江东推独秀
>
> 吠鸾靡凤,送吾弟金闺鹨荐⑧,风沙冀北叹孤征

渤海令君云⑨：

> 迎来鸾扇女,美前程月满花芳,奈银屏月缺花残,
> 憔悴煞镜里情郎,画中爱宠
>
> 归去鹊桥仙,生别离山迢水递,赖锦字山温水软⑩,
> 圆成了人间艳福,天上奇缘

渤海清河两君,有蹇修葭莩之谊⑪,抚今悼昔,故所言尤为亲切。

及见申丈挽联云：

> 公子固多情,也为伊四载贤劳,不辞拜佛求仙,欲把
> 精虔回造化
>
> 佳人真有福,堪羡尔一堂宠爱,都作香怜玉惜,足将
> 荣遇补年华

金曰："离恨天中,发此真实具足语。白甫此笔,真有炼石补天之妙。"又鹅湖居士用余丙子年题铁云山人无题旧作"昙花妙谛参居士,香草离骚吊美人"之句,书作挽联,既见会心,又添诗谶,钗光钏响,触拨潸然。

① 观察:道员的俗称。

② 金屋:用汉武帝"金屋藏娇"典,后多用于姬妾。　昙花:梵语

优昙钵花的简称,昙花开花时间极短,按佛教说法,转轮王出世,昙花始生,本谓难得出现,后喻稍纵即逝。 小劫:佛教语,谓人寿从十岁增至八万岁,又从八万岁减到十岁,往返二十次,为一小劫。

③ 前身:佛教名词,谓前世之身。此指紫姬为天仙。

④ 司马湿青衫:化用唐代白居易《琵琶行》"江州司马青衫湿"诗句。司马,官名。

⑤ 都转:都转运使的简称,管理盐政。

⑥ 玉帐:征战时主将所居军帐。

⑦ 兰台:汉代宫廷藏书处,此用作文士美称。

⑧ 鹗荐:举荐人才。语本后汉孔融表荐祢衡语:"鸷鸟累百,不如一鹗。使衡立朝,必有可观。"

⑨ 令君:对知县的尊称。

⑩ 锦字:指妻寄夫之书信。《晋书》载窦滔妻苏氏因思念丈夫,织锦为回文旋图诗以赠,词甚凄惋。

⑪ 葭莩:芦苇薄膜,喻指亲戚。

姬疾革夜①,语其季嫂缪玉真曰:"我仗佛力归去,当无所苦。公子悼我,第请以堂上为念,扶持调护,宜觅替人。公子必义不忘我,皈向者要不乏人耳。"玉真泣陈如此,余方凄感欲绝,鸿消鲤息,洵有如姬所云者乎? 紫姬来去湛然,解脱爱缘,逍遥极乐,幸勿以鄙人为念。所悲吾亲无人侍奉,所喜吾儿渐已长成,承重荫之孔长,冀门祚之可寄。余则心芽不茁,性海无波,且愿生生世世弗作有情之物矣。

余自姬逝后,仍下榻碧梧庭院。翠桃香盒,泣置枕函。空床长簟,冀以精诚致之。然鳏目炯炯②,恒至向晨,虽有鸿都、少君之术③,似亦未易措置也。犹忆七月四日兰陵舟夜④,梦姬笑语如平时。寤后纪以词曰：

> 喜见桃花面。似年时、招凉待月，竹西池馆。豆蔻香生新浴后，茉莉钗梁暗颤，恰小试玉罗衫软。照水芙蓉迷艳影，问鸳鸯甚日双飞惯？低首弄，白团扇。　星河欲曙天鸡唤，乍惊心、兰舟听雨，翠衾孤展。重剪银灯温昔梦，梦比蓬山更远，怎醒后莲筹偏缓⑤。谩讶青衫容易湿，料红绡早印啼痕满。荒驿外，五更转。

时堂上属瑯琊生偕行，读之叹曰："此种笔墨，无论识与不识，皆知佳绝，惟觉凄惋太甚耳。"余亦嗒然⑥。孰知兰陵入梦之期，即秣陵离尘之夕。帐中环珮，是耶非耶？其来也有自，其去也又何归耶？肠回目极，心酸泪枯。姬倘有知，亦当呜咽。

① 疾革：病危。

② 鳏目：相传鳏鱼眼目不闭，此喻作者独居凄凉之状。

③ 鸿都、少君：鸿都客、李少君，都是传说中能召致精魂的方士，见白居易《长恨歌》。

④ 兰陵：今江苏常州。

⑤ 莲筹：指时间，古代以刻有数字的竹筹计时。

⑥ 嗒(tà)然：沮丧，失魂落魄貌。

姬素豢狸奴名瑶台儿①，玉雪可念。余初访碧梧庭院，辄依余宛转不去。姬酒半偶作谐语，闰湘纪以小词曰"解事雪狸都爱你，眠香要在郎怀里"者是也。洎姬归省，闰湘犹引前事相戏。姬逝后，瑶台儿绕棺悲鸣，夜卧茵次。噫嘻！物犹如此，余何以堪！

姬冰雪聪明，靡不淹悟，类多韬匿不言。先大父奉政公夙精音律②，藻夏兰宵③，季父恒约僚客于玉树堂，坐花筋月，按谱征歌。奉政公北窗跂脚，顾而乐之。芙蓉小苑，花影如潮，一抹银墙，笛声隐隐。姬遥度为某阕某误，按之不爽累黍④。邗江乐部，夙隶尚衣，岁费金钱亿万计，以储钧天之选⑤，吴伶负盛名者咸骛焉。试灯风里，选客称筋，火树星桥，鱼龙曼衍⑥，五音繁会，芳菲满堂。余于深宵就舍，询姬今日搬演佳否，姬辄微笑不言。盖太夫人素厌喧嚣，围炉独酌，姬虞孤寂，卷袖侍旁，虽慈命往观，低徊不去，以是彻夜笙歌，未尝倾耳寓目。余今后闻乐掀心，哀过山阳邻笛矣⑦。

① 狸奴：猫的别称。

② 奉政：奉政大夫的省称，散官官名。

③ 兰宵：阴历七月晚上。

④ 不爽累黍：指按谱歌唱，全合音律，不差丝毫。

⑤ 钧天：天上的音乐。此指宫乐。

⑥ 鱼龙曼衍：杂技魔术。《汉书·西域传赞》注："鱼龙者，为舍利之兽，先戏于庭极。毕，乃入殿前激水，化成比目鱼，跳跃漱水，作雾障日。毕，化成黄龙八丈，出水遨戏于庭，炫耀日光。"

⑦ 山阳邻笛：魏晋时向秀与嵇康、吕安友善，后两人被杀，秀经其山阳(今江苏淮安)旧居，闻邻人笛声，追念亡友，作《思旧赋》。

姬如出水芙蓉，不假雕饰，当春杨柳，自得风流。太夫人恒太息曰："韶颜稚齿，素服澹妆，秀矣雅矣，然终非所宜也。"壬午初夏①，婪尾娇春②，将侍祖太君为红桥之游③。荨姊、苕妹辈争为开奁助妆。璧月流辉，朝霞丽彩，珠襦玉立，艳若天

人。陇西郡侯眷属,时亦乘钿车来游,遇于篆园花际,争讶曰:
"西池会耶④? 南海游耶? 彼奇服旷世,骨象应图者⑤,当是采
珠神女,步蘅薄而流芳也⑥。"计姬归余四年,见其新妆炫服,
只此一朝而已。罗襟剩粉,绣袜余香,金翠丛残,览之陨涕。

　　姬最爱月,尤最爱雨。尝曰:"董青莲谓月之气静,不知雨
之声尤静。笼袖熏香,垂帘晏坐檐花落处,万念俱忘。"余因赋
《香畹楼坐雨诗》曰:

> 剪烛听春雨,开帘照海棠。
>
> 玉壶销浅酌,翠被罩余香。
>
> 恻恻新寒重,沉沉夜漏长。
>
> 宛疑临水阁,无那近斜廊。

清福艳福此际消受为多。今春《香畹楼坐月词》则曰:

> 蟾漪浣玉,人影天涯独。镜槛妆成调钿粟,应减旧时
> 蛾绿。　　归来梦断关山,卷帘暝怯春寒。谁信黛鬖双
> 照⑦,一般孤负阑干。

又《香畹楼听雨词》曰:

> 梦回鸳瓦疏疏响,灯影明虚幌。争禁此夜客天涯,细
> 数番风况近玉梅花。　　比肩笑向巡檐索,怕见檐花落。
> 伤春人又病恹恹,拚与一春风雨不开帘。

萧黯之音,自然流露。云摇雨散,邈若山河。从此雨晨月夕,
倚枕凭阑,无非断肠之声,伤心之色矣。

① 壬午:道光二年(1822)。

② 婪尾娇春:婪尾春,芍药的别名。此指芍药盛开。

③ 红桥:在江苏扬州。

④ 西池:即瑶池,相传西王母曾在此设蟠桃宴,故名。

⑤ "彼奇服"两句:语出曹植《洛神赋》。骨指骨骼、形体,相指相貌。

⑥ "步蘅薄"句:亦出《洛神赋》。蘅薄,香草名;流芳,传播香气。

⑦ 双照:化用杜甫《月夜》"双照泪痕干"诗意。

余以樗散之材①,受知于阁部河帅、节使都转暨琅玡、延陵两观察,河渠戎旅,不敢告劳,然出门一步,惘惘有可怜之色。迨过香巢,益萦别绪,凄怀酿结,发为商音②。犹忆壬午初秋,下榻碧梧庭院,寄姬《芜城词》曰:

> 新涨石城东,雪聚花浓。回潮瓜步动寒钟③。应向秋江弹别泪,长遍芙蓉。　　金翠好房栊,燕去梁空。窗开偏又近梧桐,叶叶声声听不得,错怪西风。

又于纫秋水榭对月寄词曰:

> 深闺未识家山路,凄凄夜残风晓。雾湿湘鬟,寒禁翠袖,曾照银屏双笑。红楼树杪。怕隐隐迢迢,梦云难到。万一归来,屋梁霜雾画帘悄。　　凭阑愁见雁字,问书空寄恨,能寄多少?水驿灯昏,江城笛脆,丝鬓催人先老。团栾最好。况冷到波心,竹西秋早。待写修蛾,二分休瘦了。

香影阁主人读之,怃然有间,曰:"此时此际,月满花芳,偶尔分襟④,怆怀如许,阳关三叠,《河满》一声⑤,恻恻动人,声声入破⑥。用心良苦,其如凄绝何?"余初出于不自觉,闻此乃深悔之。濒年断梗,转眼空花,影事如尘,愁心欲碎。玉溪句云:"此情可待成追忆,只是当时已惘然⑦。"霜纨印月,锦瑟凝尘,断墨丛烟,益增碎琴焚研之恨⑧。

① 樗(chù)散：语出庄子《逍遥游》，指像樗木那样被散置，喻不合世用，多用为自谦之词。

② 商音：凄凉的音调。

③ 瓜步：镇名，在江苏六合东南。

④ 分襟：别离。

⑤ 《河满》：即舞曲《何满子》，相传以乐人何满为名。常用来表示哀痛之音。

⑥ 入破：宛转凄柔。

⑦ "此情"两句：出自李商隐《锦瑟》诗。

⑧ 碎琴：晋王徽之吊王献之丧后，取献之琴掷地云："子敬子敬，人琴俱亡。" 焚砚：表示不再著述，典见《晋书·陆机传》。

余去秋留江，姬喜动颜色，曰："妾积思一见老亲，并扫生母之墓。君今晋省应官，堂上命妾侍行，得副凤怀，虽死无憾。"余讶其不祥，乱以他语。会先大父奉政公病，余侍侧不忍遽离。幕僚佥言："既受节相河帅厚恩，亟宜谒谢。"姬曰："两公当代大贤，以君为天下奇才，登之荐牍，此其储才报国之心，非欲识面台官①，拜恩私室者。且君以侍重亲之疾，迟迟吾行，又何歉焉。"嗣奉政公以江淮苦涝，宜效驰驱，促余挂帆，溯江西上。阁部审知奉政公寝疾，仍允告归。姬曰："吾闻圣人以孝治天下。阁部锡类之心②，洵非他人所及也。"嗣此半月，姬与余随同诸大人侍奉汤药。姬独持澹斋，不食盐豉，焚香祷佛。奉政公卒以不起。然此半月中，余得随侍汤药，稍展乌私③，皆阁部之所赐也。八月下浣，余遽被议。九月中旬，举室南还，而姬归省扫墓之愿知不克践。既痛奉政公之见背，又复感念生母，人前强为欢笑，夜分辄呜咽不已。十月中，余又奉檄,涉江历淮,姬独侍大妇之疾。半载以来,几于茹冰食蘖。
呜呼!伤心刺骨之事,庸讵者尚难禁受,况兹袅袅亭亭,又何
能当此煎迫哉!

① 台官:直属长官。
② 锡类:以善施及众人。语出《诗经·大雅·既醉》。
③ 乌私:用乌鸟反哺典,喻报答父母。

　　七月二十日,与客坐绉秋水榭,恭奉太夫人慈训曰:"紫姬
之逝,使人痛绝,伤心吊影,汝更可知。以汝素性仁孝,于悲从
中来之际,想自能以重慈与我两老人为念。寄去姬传一篇,据
事直书,不计工拙,聊摅吾痛。无侈无饰,当之者亦无愧色
也。"谨展另册视之,洋洋将二千言,泪眼迷离,不忍卒读。时
玉山主人、鹅湖居士在座,叹曰:"紫君贤孝宜家,不知者或疑
君抱过情之痛。今读太夫人此传,始知君之待姬,洵属天经地
义,实姬之嫩行有以致之尔。①"蕙绸居士曰:"紫姬之贤孝,堂
上之慈爱,至性凝结,发为至文,是宇宙间有数文字。紫君得
此,可以无死。国朝以来,姬侍中一人而已。"呜呼紫姬!余撰
忆语千言万语,不如太夫人此作,实足俾汝不朽。郁烈之芳,
出于委灰②;繁会之音,生于绝弦③。彤管补《静女》之徽④,黄
绢铭幼妇之石⑤。呜呼紫姬!魂其慰而,而今而后,余其无作
可也!

① 嫩行:良好的行为。
② 委灰:即将委弃之灰。

③　绝弦:相传钟子期死后,伯牙破琴绝弦,终身不再鼓琴。

④　彤管:女史记事所用的赤管笔。《诗经·邶风·静女》:"静女其娈,贻我彤管。"此指陈裴之母亲为紫姬作传一事。

⑤　"黄绢"句:黄绢幼妇,为"绝妙"两字的隐语。典见《世说新语·捷悟》记杨修解曹娥碑题事。

秋◇灯◇琐◇忆

［清］蒋　坦

秋灯琐忆

道光癸卯闰秋[①]，秋芙来归。漏三下，臧获皆寝[②]。秋芙绾堕马髻[③]，衣红绡之衣，灯花影中，欢笑弥畅，历言小年嬉戏之事。渐及诗词，余苦木舌挢不能下，因忆昔年有传闻其初冬诗云"雪压层檐重，风欺半臂单[④]"，余初疑为阿翘假托，至是始信。于时桂帐虫飞，倦不成寐，盆中素馨，香气溘然，流袭枕箪。秋芙请联句，以观余才，余亦欲试秋芙之诗，遂欣然诺之。余首赋云："翠被鸳鸯夜，"秋芙续云："红云蚍蟆楼[⑤]。花迎纱幔月，"余次续云："人觉枕函秋。"犹欲再续，而檐月暖斜，邻钟徐动，户外小鬟已喁喁来促晓妆矣。余乃阁笔而起。

数日不入巢园，阴廊之间，渐有苔色，因感赋二绝云："一觉红蕤梦[⑥]，朝来记不真。昨宵风露重，忆否忍寒人？""镜槛无人拂，房栊久不开。欲言相忆处，户下有青苔。"时秋芙归宁三十五日矣[⑦]。群季青绫[⑧]，兴应不浅，亦忆夜深有人，尚徘徊风露下否？

① 癸卯：指道光二十三年(1843)。

② 臧获：婢仆。

③ 堕马髻：偏垂在头发一侧的发髻。

④ 半臂：指背心。

⑤ 蚍蟆：蝙蝠。

⑥ 蕤(ruí)：草木垂拂貌。

⑦ 归宁:回娘家。

⑧ 群季:众兄弟。 青绫:用《晋书·谢道韫传》载其曾以青绫步幛自蔽,与丈夫家的兄弟们议谈游戏事。

秋芙之琴,半出余授。入秋以来,因病废辍。既起,指法渐疏,强为理习,乃与弹于"夕阳红半楼上"。调弦既久,高不成音,再调,则当五徽而绝。秋芙索上新弦,忽烟雾迷空,窗纸欲黑。下楼视之,知雏鬟不戒,火延幔帷,童仆扑之始灭。乃知猝断之弦,其谶不远,况五,火数也①,应徽而绝,琴其语我乎?

秋芙以金盆捣戎葵叶汁,杂于云母之粉,用纸拖染,其色蔚绿,虽澄心之制②,无以过之。曾为余录《西湖百咏》,惜为郭季虎携去。季虎为余题《秋林著书图》云:"诗成不用苔笺写,笑索兰闺手细钞",即指此也。秋芙向不工书,自游魏滋伯、吴黟山两丈之门,始学为晋唐格。惜病后目力较差,不能常事笔墨,然间作数字,犹是秀媚可人。

① "况五"两句:《隋书·王劭传》:"于五时取五木以变火。"意谓五是主火的数字。

② 澄心:澄心堂,为南唐烈祖李昪所居。后主李煜所造纸即用以为名,其纸质薄光润,为时所重。

夏夜苦热,秋芙约游理安①。甫出门,雷声殷殷,狂飙疾作。仆夫请回车,余以游兴方炽,强趣之行。未及南屏②,而

黑云四垂，山川暝合。俄见白光如练，出独秀峰顶③，经天丈
馀，雨下如注，乃止大松树下。雨霁更行，觉竹风骚骚，万翠浓
滴，两山如残妆美人，蹙黛垂眉，秀色可餐。余与秋芙且观且
行，不知衣袂之既湿也。时月查开士主讲理安寺席④，留饭伊
蒲⑤，并以所绘白莲画帧见贻，秋芙题诗其上，有"空到色香何
有相，若离文字岂能禅"之句。茶话既洽，复由杨梅坞至石屋
洞⑥，洞中乱石排拱，几案俨然。秋芙安琴磐磴，鼓《平沙落
雁》之操⑦。归云瀚然，涧水互答，此时相对，几忘我两人犹生
尘世间也。俄而残暑渐收，暝烟四起，回车里许，已月上苏堤
杨柳梢矣。是日，屋漏床前，窗户皆湿，童仆以重门锁扃，未获
入视，俟归，已蝶帐蚊橱，半为泽国，呼小婢以筠笼熨之⑧，五
鼓始睡。

　　秋芙喜绘牡丹，而下笔颇自矜重。嗣从老友杨渚白游，活
色生香，遂入南田之室⑨。时同人中寓余草堂及晨夕过从者，
有钱文涛、费子苕、严文樵、焦仲梅诸人，品叶评花，弥日不倦。
既而钱去杨死，焦、严诸人，各归故乡。秋芙亦以盐米事烦，弃
置笔墨。惟余纨扇一枚，犹为诸人合画之笔，精神意态，不减
当年，暇日观之，不胜宾朋零落之感。

　　①　理安：理安寺，即灵隐寺，在杭州西湖西北灵隐山麓。相传东
晋咸和年间有僧慧理来此因山起寺，在此安居，故名。
　　②　南屏：南屏山，为西湖胜景之一。山上本有五代时吴越王妃所
建雷锋塔，已倒塌。
　　③　独秀峰：即飞来峰。
　　④　开士：原以既能自己开觉，又可开他人以生信心为菩萨异称，
后用作对僧人的尊称。

⑤ 伊蒲：梵语伊蒲塞的省称，此指佛寺。

⑥ 杨梅坞：在南山，近瑞峰。 石屋洞：在南高峰下，高敞如屋。

⑦ 《平沙落雁》：琴曲名，描写沙滩上群雁飞翔起落、鸣叫呼应的情景。

⑧ 筥笼：可以熏火的竹笼。

⑨ 南田：清康熙时著名画家恽寿平，号南田。

　　桃花为风雨所摧，零落池上，秋芙拾花瓣砌字，作《谒金门》词云："春过半，花命也如春短。一夜落红吹渐满，风狂春不管。""春"字未成，而东风骤来，飘散满地，秋芙怅然。余曰："此真个'风狂春不管'矣！"相与一笑而罢。

　　余旧蓄一绿鹦鹉，字曰"翠娘"，呼之辄应。所诵诗句，向为侍儿秀娟所教。秀娟既嫁，翠娘饮啄常失时，日渐憔悴。一日，余起盥沐，闻帘外作细语声，恍如秀娟声吻，惊起视之，则翠娘也。杨枝去数月矣①，翠娘有知，亦忆教诗人否？

　　秋芙每谓余云："人生百年，梦寐居半，愁病居半，襁褓垂老之日又居半，所仅存者，十一二耳；况我辈蒲柳之质，犹未必百年者乎？庾兰成云②：'一月欢娱，得四五六日。'想亦自解语耳。"斯言信然。

　　平生未作百里游。甲辰峨江之役③，秋芙方病寒疾，欲更行期，而行装既发，黄头促我矣④。晚渡钱江，飓风大作，隔岸越山⑤，皆低鬟敛眉，郁郁作相对状，因忆子安《滕王阁序》⑥云："天高地迥，觉宇宙之无穷；兴尽悲来，识盈虚之有数。"殊觉此身茫茫，不知当置何所。明河在天，残灯荧荧，酒醒已五更时矣。欲呼添衣，而罗帐垂垂，四无人应，开眼视之，始知此身犹卧舟中也。

　　①　杨枝:唐代白居易侍妾,本名樊素,因善唱《杨柳枝》曲而得名。此喻指秀娟。

　　②　庾兰成:庾信,字子山,小字兰成,北周文学家,善诗赋、骈文。

　　③　甲辰:指道光二十四年(1844)。　娥江:曹娥江,钱塘江支流,为纪念东汉孝女曹娥得名。

　　④　黄头:黄头郎,指船夫,以戴黄帽而得名。

　　⑤　越山:指绍兴的山。

　　⑥　子安:唐代诗人王勃,字子安,《滕王阁序》为其代表作。

　　秋月正佳,秋芙命雏鬟负琴,放舟两湖荷芰之间。时余自西溪归①,及门,秋芙先出,因买瓜皮迹之,相遇于苏堤第二桥下。秋芙方鼓琴作《汉宫秋怨》曲②,余为披襟而听。斯时四山沉烟,星月在水,琤瑽杂鸣,不知天风声环珮声也。琴声未终,船唇已移近漪园南岸矣。因叩白云庵门,庵尼故相识也。坐次,采池中新莲,制羹以进。香色清洌,足沁肠腑,其视世味腥膻,何止薰莸之别。回船至段家桥,登岸,施竹簟于地,坐话良久。闻城中尘嚣声,如蝇营营,殊聒人耳。桥上石柱,为去年题诗处,近为蟫衣剥蚀。无复字迹。欲重书之,苦无中书③。其时星斗渐稀,湖气横白,听城头更鼓,已沉沉第四通矣,遂携琴刺船而去。

　　余莲村来游武林④,以惠山泉一瓮见饷⑤。适墨倩开士主讲天目山席,亦寄头纲茶来⑥。竹炉烹饮,不啻如来滴水⑦,遍润八万四千毛孔,初不待卢仝七碗也⑧。莲村止余草堂十有余日,蓺烛论文,有逾胶漆。惜言欢未终,饥为驱去⑨。树云相望,三年于兹矣。常忆其论吴门诸子诗,极称觉阿开士为闻见第一,觉阿以名秀才剃落佛前,磨砖十年,得正法眼藏⑩。所居种梅三百余本,香雪满时,趺坐其下⑪,禅定既起,间事吟咏。有《咏怀诗》云:"自从一见《楞严》后⑫,不读人间糠粕书。"昔简斋老人论《华严经》云⑬:"文义如一桶水,倒来倒去。"不特不解《华严》,直是未见《华严》语。以视觉阿,何止上下床之别耶⑭!惜未见全诗,不胜半偈之憾⑮。闻莲村近客毗陵⑯,暇日当修书问之。

① 西溪:在杭州市西北。

② 《汉宫秋怨》:琴曲名,描写汉代王昭君出塞事。

③ 中书:笔。

④ 武林:即今杭州灵隐山,后多指杭州。

⑤ 惠山泉:在江苏无锡西郊惠山东麓。泉水清醇,有"天下第二泉"之誉。

⑥ 头纲茶:首批运往京都的茶。

⑦ 如来滴水:犹言甘露。如来,佛的别名。

⑧ 卢仝七碗:唐代诗人卢仝有《走笔谢孟谏议宪新茶》诗云:"一碗喉吻润,两碗破孤闷,三碗搜枯肠,惟有文字五千卷。四碗发轻汗,平生不平事,尽向毛孔散。五碗肌骨轻,六碗通仙灵,七碗吃不得,唯觉两肋习习清风生。"

⑨ 饥为驱去:陶渊明有"饥来驱我去"句,意谓为饥寒而不得不奔走。

⑩ 正法眼藏:佛教禅宗用以指全体佛法(正法)。眼谓朗照宇宙,藏谓包含万有。

⑪ 趺坐:佛教的盘膝坐。

⑫　《楞严》:即《首楞严经》,佛经名。

⑬　简斋老人:当指袁枚。　《华严经》:佛经名。

⑭　上下床之别:相传汉末许汜去见陈登,登自卧大床,让汜卧下床。汜告诉刘备,备说:"君求田问舍,言无可采……如小人欲卧百尺楼上,卧君于地,何但上下床之间邪?"后喻人或事之间高下悬殊很大。

⑮　偈:"偈陀"简称,义译为"颂",佛经中的唱词。

⑯　毗陵:今江苏常州。

　　夜来闻风雨声,枕簟渐有凉意。秋芙方卸晚妆,余坐案傍,制《百花图记》未半,闻黄叶数声,吹堕窗下。秋芙顾镜吟曰:"昨日胜今日,今年老去年。"余怃然云:"生年不满百,安能为他人拭涕!"辄为掷笔。夜深,秋芙思饮,瓦吊温暾,已无余火,欲呼小鬟,皆蒙头户间,为趾离召去久矣①。余分案上灯置茶灶间,温莲子汤一瓯饮之。秋芙病肺十年,深秋咳嗽,必高枕始得熟睡。今年体力较强,拥髻相对,常至夜分,殆眠餐调摄之功欤? 然入秋犹未数日,未知八九月间更复何如耳。

　　余为秋芙制梅花画衣,香雪满身,望之如绿萼仙人②,翩然尘世。每当春暮,翠袖凭栏,髻边蝴蝶,犹栩栩然不知东风之既去也。

　　扫地焚香,喻佛法耳,谓如此即可成佛,则值寺阇黎③,已充满极乐国矣。秋芙性爱洁,地有纤尘,必亲事箕帚。余为举王栖云偈云:"日日扫地上,越扫越不净。若要地上净,撇却苕帚柄。"秋芙卒不能悟。秋芙辨才十倍于我,执于斯者,良亦积习使然。

① 趾离:梦神。

② 绿萼仙人:九嶷仙人萼绿华,神话传说中的女仙。

③ 阇黎:梵语,意谓僧徒之师。

余居湖上十年,大人月给数十金,资余盐米。余以挥霍,每至匮乏,夏葛冬裘,递质递赎,敝箧中终岁常空空也。曾赋诗示秋芙云:"一寒至此怜张禄①,再拥无由惜谢耽。箧为频搜卿有意,裈犹可挂我何惭。"纪实也。

丁未冬,伊少沂大令课最北行②,余饯之草堂,来会者二十余人。酒次,李山樵鼓琴,吴康甫作擘窠书,吴乙杉、杨渚白、钱文涛分画四壁,馀或拈韵赋诗,清谈瀹茗。惟施庭午、田望南、家宾梅十馀人③,踞地赌霸王拳,狂饮疾呼,酒尽数十觥不止。是夕,风月正佳,余留诸人为长夜饮。羊灯既上,洗盏更酌,未及数巡,而呼酒不至。讶询秋芙,答云:"瓶罍罄矣。床头惟馀数十钱,余脱玉钏换酒,酒家不辨真赝,今付质库④,去市远,故未至耳。"余为诵元九"泥他沽酒拔金钗"诗⑤,相对怅然。是集得诗数十篇,酒尽八九瓮,数年来文酒之乐,于斯为盛。自此而后,纵迹天涯,云萍聚散,余与秋芙亦以尘事相羁,不能屡为山泽游矣。

秋芙素不工词,忆初作《菩萨蛮》云:"莫道铁为肠,铁肠今也伤。"造意尖新,无板滞之病。其后余游山阴⑥,秋芙制《洞仙歌》见寄,气息深稳,绝无疵颣,余始讶其进境之速。归后索览近作,居然可观,乃知三日之别,固非昔日阿蒙矣⑦。昔瑶花仙史降乩巢园⑧,目秋芙为昙阳后身⑨,观其辨才,似亦可信。加以长斋二十年,《楞严》、《法华》熟诵数千卷,定而生慧,一指半偈,犹能言下了悟,况区区文字间乎! 昔人谓"书到今生读已迟",余于秋芙信之矣。

① 张禄:即范睢,战国时魏人。史载其因得罪魏相,潜逃入秦,为秦相。其后魏使须贾至秦,睢敝衣往见,贾叹其一寒至此,取绨袍为赠。

② 大令:对县官的敬称。　课最:官员至京受考核。

③ 家:族中人。

④ 质库:当店。

⑤ 元九:唐代诗人元稹,字微之。所引诗见《遣悲怀》。

⑥ 山阴:今浙江绍兴。

⑦ "乃知"两句:据《三国志·吴志·吕蒙传》注引《江表传》载,吕蒙受孙权规劝,笃志力学。后鲁肃过蒙,言议常为蒙屈,因拊蒙背曰:"吾谓大弟但有武略耳,至于今者,学识英博,非复吴下阿蒙。"蒙曰:"士别三日,即更刮目相待。"

⑧ 乩:旧时求神降示的一种方法。

⑨ 后身:佛教有"三世"之说,"后身"即转世之身,相对"前身"而言。

　　秦亭山西去二十里,地名西溪,余家槐眉庄在焉。缘溪而西,地多芦苇,秋风起时,晴雪满滩,水波弥漫,上下一色。芦花深处,置精蓝数椽①,以奉瞿昙②,曰"云章阁"。阁去庄里馀,复涧回溪,非苇杭不能到也③。时有佛缘僧者,居华坞心斋④,相传戒律精严,知未来之事。乙巳秋⑤,余因携秋芙访之,叩以面壁宗旨⑥,如瞆如聋,鼻孔撩天,哑胜失笑。时残雪方晴,堂下绿梅,如尘梦初醒,玉齿粲然。秋芙约为永兴寺游,遂与登二雪堂,观汪夫人方佩书刻⑦。还坐溪上,寻炙背鱼,翦尾螺,皆颠师胜迹⑧！明日更游交芦、秋雪诸刹,寺僧以松萝茶进,并索题《交芦雅集图卷》。回船已夕阳在山,晚钟催饭矣。霜风乍寒,溪上澄波粼粼,作皱縠纹。秋芙时著薄棉,有寒色,余脱半臂拥之。夜半至庄,吠尨迎门⑨,回望隔溪渔火,不减鹿门晚归时也⑩。秋芙强余作纪游诗,遂与挑灯命笔,不觉至曙。

秋芙有停琴伫月小影,悬之寝室,日以沉水供之⑪。将归,戏谓余曰:"夜窗孤寂,留以伴君,君当酬以瓣香⑫。无俾置空房,令蛾眉有秋风团扇悲也⑬。"

晓过妇家,窗棂犹闭,微闻仓琅一声,似鸾篦堕地,重帘之中,有人晓妆初就也。时初日在梁,影照窗户,盘盘腻云,光足鉴物,因忆微之诗云⑭:"水晶帘底看梳头,"古人当日已先我消受眼福。

---

① 精蓝:指佛寺。蓝,伽蓝省称。

② 瞿昙:梵语音译,因释迦牟尼本姓瞿昙,后即用为佛的代称。

③ 苇杭:指小船。杭,通航。

④ 心斋:排除一切思虑与欲望,保持心境纯一。

⑤ 乙巳:道光二十五年(1845)。

⑥ 面壁:即佛教中的坐禅。

⑦ 汪夫人:汪端,清女作家,《香畹楼忆语》作者陈裴之之妻。

⑧ 颠师:济颠,即民间传说中的济公。宋末僧人,浙江天台人,佯狂不饰细行,饮酒食肉,游行市井间,人以为颠。始出家灵隐寺,后为寺僧所厌,移居净慈寺。

⑨ 尨:犬。

⑩ 鹿门晚归:唐代诗人孟浩然有《夜归鹿门歌》:"鹿门月照开烟树,忽到庞公栖隐处。岩扉松径长寂寥,惟有幽人夜来去。"

⑪　沉水：即沉香。

⑫　瓣香：古以拈香一瓣，表示对他人的敬念。

⑬　秋风团扇：汉代班婕好有《团扇歌》，以秋风起时扇子弃置不用，喻被人遗弃。

⑭　微之：指元稹。

关、蒋故中表亲，余未聘时，秋芙每来余家，绕床弄梅，两无嫌猜。丁亥元夕①，秋芙来贺岁，见于堂前。秋芙衣葵绿衣，余著银红绣袍，肩随额齐，钗帽相傍。张情齐丈方居巢园，谓大人曰："俨然佳儿佳妇。"大人遂有丝萝之意②。后数月，巢园鼠姑作花③，大人招亲朋，置酒花下。秋芙随严君来。酒次，秋芙收筵上果脯，藏帕中④。余夺之，秋芙曰："余将携归，不汝食也。"余戏解所系巾，曰："以此缚汝，看汝得归去否？"秋芙惊泣，乳妪携去始解。大人顾之而笑。因倩俞霞轩师为之蹇修⑤，筵上聘定。自后数年，绝不相见。大人以关氏世有姻娅，岁时仍率余往趋谒，故关氏之庭，迹虽疏，未尝绝也。忆壬辰新岁⑥，余往，入门见青衣小鬟，拥一粲姝上车而去。俄闻屏间笑声，乃知出者即为秋芙。又一年，圜桥试近，妻父集同人会文，意在察婿。置酒后堂，余列末座。闻湘帘之中，环玉相触，未知有秋芙在否。又一年，余行市间，忽车雷声中，帘幔疾卷，中有丽人，相注作熟视状。最后一车，似是妻母，意卷帘人即膝前娇女也。又一年，余举弟子员⑦，大人命予晋谒。庭遇秋芙，戴貂茸，立蜜梅花下⑧。俄闻银钩一声，无复鸿影⑨。余自聘及迎，相去凡十五年，五经邂逅，及却扇筵前⑩，剪灯相见，始知颊上双涡，非复旧时丰满矣。今去结褵又复十载，余与秋芙皆鬓有霜色,未知数年而后,更作何状? 忽忽前尘,如梦如醉,质之秋芙,亦忆一二否?

① 丁亥:道光七年(1827)。

② 丝萝:兔丝和女萝。古诗文中常喻男女婚嫁。

③ 鼠姑:牡丹的别名。

④ 帊:手巾。

⑤ 蹇修:媒人。

⑥ 壬辰:道光十二年(1832)。

⑦ 弟子员:秀才的通称。

⑧ 蜜梅花:蜡梅花。

⑨ 鸿影:指"惊鸿一瞥"之鸿。

⑩ 却扇:古代婚礼,新妇行礼时以扇障面,交拜后去扇,故称。

秋芙谓:"元九《长庆集》诗,如土饭尘羹,食者不知有味。惟《悼亡》三诗①,字字泪痕,不堕浮艳之习。"余曰:"未必不似宋考功于刘希夷事耳②,不然,微之轻薄小人,安能为此刻骨语?"

余读《述异记》云③:"龙眠于渊,颌下之珠④,为虞人所得⑤,龙觉而死。"不胜叹息,秋芙从旁语曰:"此龙之罪也。颌下有珠,则宜知宝;既不能宝而为人得,则嘘嘘云雨,与虞人相持江湖之间,珠可还也;而以身殉之,龙则逝矣,而使珠落人手,永无还日,龙岂爱珠者哉?"余默然良久,曰:"不意秋芙亦能作议论,大奇。"

① 《悼亡》三诗:指元稹《遣悲怀》诗三首,为悼念亡妻韦丛而作。

②　宋考功:唐代诗人宋之问,因其曾任考功员外郎,故称。　刘希夷:宋之问甥,其诗柔婉华丽。相传宋之问为将其诗《代白头吟》中"年年岁岁花相似,岁岁年年人不同"名句据为己有,竟遣人用土囊将希夷压死。

③　《述异记》:旧题梁任昉撰,为志怪小说。

④　颔下之珠:《庄子·列御寇》:"千金之珠必在九重之渊而骊龙颔下。"颔,下巴。

⑤　虞人:古代掌管山泽苑囿和田猎的官。

　　葛林园为招贤寺遗址,有水榭数楹,俯瞰竹石。榭下有池,短彴横架其上①。池偏凌霄花一本,藤蔓蜿蜒,相传为唐宋时物,诗僧半颠及其师破林,驻锡于此数十年矣②。已酉初夏③,积潦成灾,余所居草堂,已为泽国。半颠以书相招,遂与秋芙往借居焉。是时,城市可以行舟,所交宾朋,无不中隔。日与半颠谈禅,间以觞咏,悠悠忽忽,不知人间有岁月矣。闻岳坟卖馂馅馒首,日使赤脚婢数钱买之。噉食既饱,分饲池鱼。秋芙起拊栏楯,误堕翠簪,水花数圈,杳不能迹,惟簪上所插素馨,漂浮波上而已。池偏为梁氏墓庐,庐西有门,久鞠茂草,庐居梁氏族子数人,出入每由寺中。梁有劣弟,贫乏不材。余居月馀,阋墙之声④,未歇于耳。一日,余行池上,闻剥啄声。寺僧方散午斋,余为启扉。有毡笠布衣者,问梁某在否,余为指示。其人入梁氏庐,余亦闭门,半颠知之,因见梁,问来者云何,梁曰:"无之。"相与遍索室中,不得。惟东偏小楼,扃闭甚固,破窗而入,其弟已缢死床上矣,乃知叩门者缢死鬼耳。自后鬼语啾啾,夜必达旦,梁以心怔迁去。余与秋芙虽恃《楞严》卫护之力,而阴霾逼人,究难长处。时水潦已退,旋亦移归草堂,嗣闻半颠飞锡南屏。余不过此寺又数年矣,未知近日楼中,尚复有人居住否?

① 短彴(zhuó):独木桥。

② 驻锡:指僧人的住止。下面的飞锡,指僧人游方他处。

③ 己酉:道光二十九年(1849)。

④ 阋墙:兄弟在家中争吵。《诗经·小雅·常棣》:"兄弟阋于墙,外御其务(侮)。"

枕上不寐,与秋芙论古今人才,至韩擒虎①,余曰:"擒虎生为上柱国,死不失为阎罗王,亦徼幸甚矣。"秋芙笑曰:"特张嫦娥诸人之冤②,无可控告,奈何?"

大人晚年多病,余与秋芙结坛修玉皇忏仪四十九日③。秋芙作骈俪疏文,辞义奥艳,惜稿无遗存,不可记忆。维时霜风正秋,瓶中黄菊,渐有佳色。夜深钟磬一鸣,万籁皆伏。沉烟笼罩中,恍觉上清宫阙④,即现眼前,不知身在人世间也。

秋芙所种芭蕉,已叶大成阴,荫蔽帘幕,秋来雨风滴沥,枕上闻之,心与俱碎。一日,余戏题断句叶上云:"是谁多事种芭蕉,早也潇潇,晚也潇潇。"明日见叶上续书数行云:"是君心绪太无聊,种了芭蕉,又怨芭蕉。"字划柔媚,此秋芙戏笔也,然余于此,悟入正复不浅。

① 韩擒虎:隋大将。原名豹,字子通,河南东垣人。有文武才能,以胆略见称。隋文帝伐陈,擒虎为先锋,直取金陵,生俘陈后主,因功进

位上柱国。传其死后为阴司阎罗王。

② 张嫦娥:即张丽华,南朝陈后主妃,以美色见宠。韩擒虎攻入金陵时,张丽华随后主藏匿宫内景阳井中,为隋军搜出后被杀。嫦娥,喻其美貌。

③ 玉皇忏仪:僧道为人礼祷忏悔的仪式。

④ 上清宫阙:道家幻想的仙境。

春夜扶鸾①,瑶花仙史降坛,赋《双红豆》词云:

　　风丝丝,雨丝丝,谁使花粘蛛网丝?春光留一丝。

　　烟丝丝,柳丝丝,侬与红蚕同有丝。蚕丝侬鬓丝。

又《贺新凉》赠秋芙云:

　　久未城西过。料如今、夕阳楼畔,芭蕉新大。日日东风吹暮雨,闻道病愁无那。况几日妆台梳裹,纸薄衫儿寒易中,算相宜还是摊衾卧。切莫向,夜深坐。　　西池已谢桃花朵,怎青鸾、天天来去,书儿无个。一卷《楞严》应读遍,能否情禅参破?问归计甚时才可?双凤归来星月下,好细斟元碧相称贺②。须预报,玉楼我。

甲辰岁③,仙史曾降笔草堂,指示金丹还返之道,故有“久未西城过”之语。

① 扶鸾:即扶乩。

② 元碧:仙酒名。

③ 甲辰:道光二十四年(1844)。

忆戊申秋日①,寄秋芙七古一首,诗云:

乾萤冷贴屏风死,秋逼兰钏落花紫。

满床风雨不成眠,有人剪烛中宵起②。

风雨秋凉玉簟知,镜台钗股最相思。

伤心独忆闺中妇,应是残灯拥髻时。

髻影飘萧同卧病,中间两接红鲂信。

病热曾云甘蔗良,心忪或藉浮瓜镇③。

夜半传闻还织素,锦诗渐满回文数④。

可怜玉臂岂禁寒,连波只悔从前错。

从前听雨芙蓉室,同衾忆汝初来日。

才见何郎叠合双⑤,便疑司马心非一⑥。

鸿庞牛衣感最深⑦,春衣典后况无金。

六年费汝金钗力,买得萧郎薄幸心⑧。

薄幸明知难自避,脱舆未免参人议。

或有珠期浦口还⑨,何曾剑忍微时弃⑩。

端赖鸳鸯壶内语⑪,疏狂尚为鲰生恕⑫。

无端乞我卖薪钱,明朝便决归宁去。

去日青荷初卷叶,罗衣曾记箱中叠。

一年容易到秋风,渡江又阻归来楫。

我似齐纨易弃捐,怀中冷暖仗人怜。

名争蜗角难言胜⑬,命比蚕缲岂久坚。

莫为机丝曾有故,蛾眉何人能持护?

门前但看合欢花,也须各有归根树。

树犹如此我何堪,近信无由绮阁探。

拥到兰衾应忆我,半窗残梦雨声参。

雨声入夜生惆怅,两家红烛昏罗帐。

一例悲欢各自听,楚魂来去芭蕉上。

芭蕉叶大近前楹，枕上秋天不肯明。

明日谢家堂下过⑭，入门预想绣鞋声。

此稿遗佚十年，枕上忽记及之，命笔重书，恍惚如梦。

① 戊申：道光二十八年（1848）。

② 剪烛：剪去燃余的烛心。唐代李商隐《夜雨寄北》："何当共剪西窗烛，却话巴山夜雨时。"

③ 怂：心动貌。　浮瓜：魏文帝曹丕《与朝歌令吴质书》有"浮甘瓜于清泉，沉朱李于寒水"句，后人用以喻夏日游宴之清凉。

④ 回文：回文诗。今所见有苏蕙《璇玑图》诗等。

⑤ 何郎：何晏（190—249），字平叔，三国魏宛人，玄学家，后为司马懿所杀。晏平时喜修饰，粉白不离手，行步顾影，人称"傅粉何郎"。卺合：即合卺，旧时婚礼饮交杯酒。

⑥ 司马：汉代司马相如。相传相如曾爱茂陵女，卓文君作《白头吟》讽喻。

⑦ 牛衣：用麻或草编成的为牛御寒物。史载汉代王章病时无被，曾卧牛衣中，与妻对泣。后以"牛衣对泣"喻夫妻共守贫困。

⑧ 萧郎：本指萧姓男子，后泛指为女子所爱的男子。

⑨ "或有"句：传说汉合浦郡不产珍实，而海出珍宝。孟尝为太守后，制止搜括，革易前弊，遂使先前移往别处的珍珠复还。后喻物之失而复得。

⑩ 何曾句：用不弃故剑典，剑即指故剑。

⑪ 壸（kǔn）：犹言闺房。

⑫ 鲰（zōu）生：自谦之词，犹小生。

⑬ 蜗角：典出《庄子·则阳》，后人用以比喻为细小事故而争之意。

⑭ 谢家：此典因事而异，这里指秋芙居处。

晚来闻络纬声,觉胸中大有秋气。忽忆宋玉悲秋《九辩》,击枕而读。秋芙更衣阁中,良久不出。闻唤始来,眉间有愁色。余问其故,秋芙云:"悲莫悲兮生别离①,何可使我闻之?"余慰之曰:"因缘离合,不可定论。余与子久皈觉王②,誓无他趣。他日九莲台上,当不更结离恨缘,何作此无益之悲也?昔锻金师以一念之誓,结婚姻九十馀劫,况余与子乎?"秋芙唯唯,然颊上粉痕,已为泪花污湿矣。余亦不复卒读。

秋芙藏有书尺,为吴黟山所贻。尺长尺余,阔二寸许。相传乾隆壬子③,泰山汉柏出火自焚,钱塘高迈庵拾其烬馀,以为书尺,刻铭于上,铭云:"汉已往,柏有神。坚多节,含古春。劫灰未烬兮④,芸编是亲。然藜比照兮⑤,焦桐共珍⑥。"

开户见月,霜天悄然,因忆去年今夕,与秋芙探梅巢居阁下,斜月暖空,远水渺弥,上下千里,一碧无际,相与登补梅亭,瀹茗夜谈,意兴弥逸。秋芙方戴梅花鬓翘⑦,虬枝在檐,遽为攫去,余为摘枝上花补之。今亭且倾圮,花木荒落,惟姮娥有情⑧,尚往来孤山林麓间耳。

① "悲莫"句:语出屈原《九歌·少司命》。

② 觉王:佛的别称。因佛陀的意译为净觉,故佛也称觉王。

③ 壬子:指乾隆五十七年(1792)。

④ 芸编:对书籍的美称。

⑤ 然藜比照:相传汉儒刘向曾于暗中独坐读书,有老人吹杖端燃之,为其照明,并授以五行《洪范》之文,至曙而去。后以燃藜喻夜读、苦读。然,通"燃"。比照,近照。

⑥ 焦桐:琴名。东汉蔡邕曾用烧焦的桐木制琴,后因以称琴。

⑦ 翘:妇女的首饰。

⑧ 姮娥:嫦娥,此指月亮。

　　秋芙好棋,而不甚精,每夕必强余手谈①,或至达旦。余戏举竹垞词云②:"簸钱斗草已都输③,问持底今宵偿我④?"秋芙故饰词云:"君以我不能胜耶? 请以所佩玉虎为赌。"下数十子,棋局渐输,秋芙纵膝上猧儿搅乱棋势⑤。余笑云:"子以玉奴自况欤⑥?"秋芙嘿然,而银烛荧荧,已照见桃花上颊矣。自此更不复棋。

　　去年燕来较迟,帘外桃花,已零落殆半。夜深巢泥忽倾,堕雏于地。秋芙惧为猧儿所攫,急收取之,且为钉竹片于梁,以承其巢。今年燕子复来,故巢犹在,绕屋呢喃,殆犹忆去年护雏人耶?

　　同里沈湘涛夫人与秋芙友善,曾以所著诗词属为删校,中有句云:"却喜近来归佛后,清才渐觉不如前。"因忆前见朱莲卿诗,有"却喜今年身稍健,相逢常得笑颜生"之句,两"喜"字用法不同,各极沉痛。莲卿近得消渴疾⑦,两月未起,霜风在林,未知寒衣曾检点否?

　　斜月到窗,忽作无数个"人"字,知堂下修篁解箨矣。忆居槐眉庄,庄前种竹数弓。笋泥初出,秋芙命秀娟携鸦嘴锄,斸数筐,煮以盐菜,香味甘美,初不让廷秀《煮笋经》也。秀娟嫁数年,如林中绿衣人得锦绷儿矣⑧。惟余老守谷中,鬓颜非故,此君有知,得无笑人?

---

①　手谈:下棋。

②　竹垞:清代文学家朱彝尊号竹垞,是浙西词派的创始者。

③　簸钱:掷钱为赌戏。　斗草:古代的一种游戏。

④　底:什么。

⑤　猧儿:小狗。

⑥　玉奴：杨贵妃。相传唐玄宗曾与亲王下棋，将输时，杨贵妃放小狗于座侧，把棋局弄得大乱。

⑦　消渴疾：即今糖尿病。

⑧　"如林中"句：当是形容秀娟的丰韵。

虎跑泉上有木樨数株，偃伏石上，花时黄雪满阶，如游天香国中，足怡鼻观。余负花癖，与秋芙常煮茗其下。秋芙拗花簪鬓，额上发为树枝捎乱，余为蘸泉水掠之。临去折花数枝，插车背上，携入城闉，欲人知新秋消息也。近闻寺僧添植数本，金粟世界，定更为如来增色矣。秋风匪遥，早晚应有花信，花神有灵，亦忆去年看花人否？

宾梅宿予草堂，漏三下，闻邻人失火，急率仆从救之。及门，已扑灭矣。惟闻空中语云："今日非有力人居此，此境几为焦土。"言顷，有二道人与一比丘自天而下①。道人戴藕华冠，衣蟠龙蚴蟉之袍。其一玉貌长髯，所衣所冠皆黄金色。比丘踉道人之后，若木若讷。藕冠者曰："吾名证若，居青城赤水之间，访蒋居士至此。"与长须道人拂尘而歌，歌长数千言，未暇悉记。惟记其末句云："只回来巧递了云英密信，那裴航痴了心②，何时得醒？若不早回头，累我飞升。醒，醒，醒，明日阴晴难信。"歌竟而逝。趋视之，则星月在户，残灯不明，惟闻落叶数声，蘧然一梦觉也。既旦，告予，予曰："余家断杀数十年，而修鸿宝之道六七载③，至今黄螭飞腾，犹少返还之诀。岂仙师垂悯凡愚，现身说法欤？歌中曰云英云英者，岂以余闺房之缘，未解缠缚，而讽咏示警欤？"时予与秋芙修陀罗尼忏数月矣④，所谓比丘者，岂观音化身，寻声自西竺来欤⑤？

① 比丘:梵语,意谓"乞士"。佛教出家五众之一,中国俗称和尚。

② 云英、裴航:相传唐代裴航在蓝桥遇见仙女云英,两人相爱,在遍访得玉杵臼为聘后终结良缘,入山仙去。明人有《蓝桥记》传奇记其事。

③ 鸿宝:也作"洪宝",道术书中篇名,此泛指道经。

④ 陀罗尼:梵语,意谓"总持"。佛教表示对所闻法能总摄忆持,不会忘失。

⑤ 西竺:西方的天竺。

秋芙病,居母家六十馀日。臧获陪侍,多至疲惫。其昼夜不辍者,仅余与妻妹侣琼耳。余或告归,侣琼以身代予,事必手亲,故药炉病榻之间,予得赖以息肩。侣琼固情笃友于①,然当此患难之时,而荼苦能甘,亦不自觉何以至是也。秋芙生负情癖,病中尤为缠缚。余归,必趣人召余,比至,仍无一语。侣琼问之,秋芙曰:"余命如悬丝,自分难续,仓猝恐无以与诀,彼来,余可撒手行耳。"余闻是言,始觉腹痛,继思秋芙念佛二十年,誓赴金台之迎②,观此一念,恐异日轮堕人天③,秋芙犹未能免。手中梧桐花,放下正自不易耳。

秋夜正长,与妻妹珮琪围棋,三战三北。自念平生此技未肯让人,珮琪年未及笄,所造如此,殆天授耶!珮琪性静默,有林下风④,字与诗篇,靡不精晓,自言前身自上清宫来。观其神寒骨清,洵非世间烟火人也。今不与对局数年矣,布算之神,应更倍昔。他日谢家堂上⑤,当效楚子反整师复战⑥,期雪曩年城下之耻。

① 友于:《尚书·君陈》:"惟孝友于兄弟。"后因以"友于"喻兄弟友

爱。此借指姐妹之情。

②　金台：相传为神仙所居之处。

③　轮堕人天：佛家认为世界众生莫不如车轮般辗转于生死之间。

④　林下风：指妇女有超逸之致。语本《世说新语·贤媛》称谢道韫语。

⑤　谢家堂：当用谢道韫典，此喻秋芙母家。

⑥　楚子反：即公子侧，春秋时楚国司马。

踏月夜归，秋芙方灯下呼卢①。座中有人一掷得六么色②，余戏为《卜算子》词云：

　　妆阁夜呼卢，钗影阑干背。六个骰儿六个窝，到底都成对。　　借问阿谁赢，莫是青溪妹③？赚得回头一顾无，试报说金钗坠。

秋芙见而笑曰："如此绮语，不虑方平鞭背耶④？"

近作小词，有句云："不是绣衾孤，新来梦也无。"又《买陂塘》后半云：

　　中门掩，更念荀郎忱困⑤，玉瓯莲子亲进。无端别了秦楼去⑥，食性何人猜准。闲抚鬓，看半载相思，又及三春尽。前期未稳，怕再到兰房，剪灯私语，做梦也无分。

时宾梅以纨扇属书，因戏录之。宾梅见而笑曰："做梦何以无分？"秋芙笑云："想新来梦也无耳。"相与绝倒。

①　呼卢：博戏。

②　六么色：六颗骰子全为红的。色，骰子有红黑两色，故亦名色子。

③　青溪妹：当用青溪小姑典。

④　方平鞭:神鞭。

⑤　荀郎:荀粲,字奉倩,三国魏人。好道,所交皆一时俊杰,娶曹洪女为妻,妻病亡,粲痛悼不已,不久也亡。

⑥　秦楼:旧指城市中吃喝玩乐的场所。

　　甲辰秋①,同人招游月湖,夜深,为风露所欺。明日复集吴山笙鹤楼,中酒禁寒。归而病热几殆,赖乩示方药,始获再生。越一年,为丙午岁②,疽发背间,旋复病疟。方届秋试,扶病登车,未及试院,而魂三逝矣。仆从舁归,匝月始安。己酉之夏③,复病疮痢,俯枕三月,痛甚剥肤。六年之间,三堕病劫,秋芙每侍余疾,衣不解带。柔脆之质,岂禁劳瘁,故余三病,而秋芙亦三病也。余生有懒疾,自己酉奉讳以来,火死灰寒,无复出山之想。惟念亲亡未葬,弟长未婚,为生平未了事。然先人生圹久营,所需卜吉。增弟年二十矣,负郭数顷田,足可耕食。数年而后,当与秋芙结庐华坞河渚间,夕梵晨钟,忏除慧业④。花开之日⑤,当并见弥陀⑥,听无生之法。即或再堕人天,亦愿世世永为夫妇。明日为如来涅槃日⑦,当持此誓,证明佛前。

①　甲辰:道光二十四年(1844)。

②　丙午:道光二十六年(1846)。

③　己酉:道光二十八年(1848)。

④　慧业:佛教指生来赋有智慧的业缘。

⑤　花开之日:此指人死后到达西方极乐世界。

⑥　弥陀:阿弥陀佛的简称。佛家净土宗以阿弥陀佛为西方极乐世界的教主,凡愿往生彼土者,一心不乱,长念其名号,临终时佛即前来

接引,往生阿弥陀佛极乐园土。

⑦　涅槃:佛教名词,意谓"灭度",或称"般涅槃",意译"入灭"、"圆寂",佛教所指的"最高境界",后世也称僧人逝世为"涅槃"、"入灭"或"圆寂"。